# 薛西佛斯的二稜大麥

# 恍惚，靜止卻又浮現

## 威士忌飲者的緩慢一瞬

每一位小說家書寫語境，都是死後的薛西佛斯。祂在二稜大麥的兩側，不停推動那顆巨大的小說之石。然而，令小說家們真正恐懼的，不只是體力上的蒸餾與回流，還有那些困在橡木桶裡，永遠不懂停止的囈語與回音。

目錄

｜發芽中的大麥｜格蘭花格 Glenfarclas｜

近近地觀看，她們只是靜靜的大麥。每一粒的她們，都還活著。極度安靜地呼吸，可能推擠彼此，然後等待芽心悄悄探向天堂。

# 如果天使
# 分享語言

如果天使分享語言……寫下這句話的時候，我像似在質疑：

天使，曾經存在過嗎？

如果存在，祂們如何透過語言溝通語境？

春雷之後，下過了雨。幾場雨水在兩座山峰的縫隙之間，洗出海魚呼出的一口新鮮氣息。是有淡淡鹽味的嘆息。接著，露水緊緊擁抱著一顆大麥，喚醒沈默數百年的一塊泥煤，讓一具不想冷靜下來的壺式蒸餾器暖了身體，思考著懂得抬頭也會低頭的林恩臂（Lyne Arm），還有躲在暗處的神秘蟲桶，以及未來，如果真的還有未來，該如何面對排列成軍隊的橡木桶群島……

面對這樣的威士忌語境，不知為何，我總有一種介於遲疑與猶豫之間的念頭，無法說明清楚，就像過去那些急躁混亂的日子。

在開始寫威士忌語境之前，我懷疑過，是因為村上春樹寫下了《如果我們的語言是威士忌》，所以再試著寫威士忌，都會是辛苦的？就像因為村上春樹聽見了《爵士群像》，之於使用文字思考日常的隱者，面對爵士樂最理想姿態，可能就只剩下雨天的陽台、黑啤酒和手捲菸……當然，如此描述，對村上春樹的作品，是不公允也不適切的。但確實有過一段迷途時光，我的心底釀著這份辛辣，就像單一麥芽威士忌裡的那種木辣。

我記錄了：飲者，應該是日常的癮者。

我也寫下：寫者，也該是日常的隱者。

我翻開二〇〇四年在島嶼出版的《如果我們的語言是威士忌》。在某一處空白的

| 威士忌沈睡於酒窖中的橡木桶 | 亞伯樂 Aberlour |

看見天使了嗎？在沒有人的每一秒，祂們會在地板上留下足跡，告訴所有前來膜拜的信徒說：你們看，那些重要美好的事物，是無法以眼睛看見的。但時間之神，都能留下她們的軀體，由你觸摸。

書頁上，還住著二〇〇四年十月十八號的自己。當時的我，還困擾於，如何完成一片葉子落地之前的詩意。於是在讀完村上的這本小書，寫下了令自己感到稚拙的文字：

有很久一段時間沒有讀村上春樹的作品了。這次閱讀，又再度勾起對村上式生活的眷戀。威士忌、音樂、旅行，之於一個人，一直都重要得無法被取代吧。回想起來，自從認真接觸小說創作之後，日常似乎被「過度矯正」到另一個美好的虛構世界了。就像一個曾經尚未長大的孩子，從一場寂寞的遊戲裡，躲入發燒的水溝，再游移到住滿羅漢石像的境域池裡。

只有一個人，才能待在真正寂寞的遊戲裡。

我如此想著，也想著要試試再多寫出幾個字。可以一邊喝著那瓶不在身邊的一九八五年Dow's Vintage Port，一邊祭起靈魂，聆聽強尼哈特曼的《只是順道來看你》，然後再寫點什麼：也許只是「再寫出一張照片」這麼單純的事。

如此透過照片，再看見的東西，其實只是遺留在世界原本那一角落裡的記憶。這些記憶，多半都會發霧模糊，迷失了。可現在回想起來，那樣的模糊，竟然也有——真想再去一次啊，遇見那樣的人，喝上一口那樣的威士忌——如此吸引出美麗的力量。

模糊，有點像是威士忌的年份。

二〇〇四。對我來說，有一種逐漸模糊、但又有特殊恆溫的光感。

| 奧特摩農場主人 James Brown 與牛的凝視 | 布萊迪 Bruichladdich |

凝視威士忌語境⋯⋯是的，我一直在想，如何凝視蘇格蘭單一麥芽威士忌的語境？不一定是蘇格蘭的風土，不一定是單一麥芽的原始物料，有時，我甚至想到，能否暫時放下所有釀製技藝的細節，很單純地從文字去進行想像，然後如同虛構一樣，生成某種敘事語境。一直到現在，我持續在思索，就像一位長年的勞動者，凝視著時間，也被風、空氣與土壤凝視。

已經忘了當時看了哪些照片，又再寫落了什麼。不過那瓶一九八五年的Dow's Vintage Port 一直存放在為我出版文字的出版人的酒櫃裡。直到現在，像似某種魔咒，我一直沒有找到更好的理由，將她開瓶。

可能已經過了適飲期。就像面對已經逝去的死者，過了適合記憶的保存期。

我一直知道，一切事物必然都會被時間損壞，但只要那瓶波特酒沒有被誰開瓶，我就還能記憶著一位朋友。偶而在心底對他發發脾氣，讓他就那樣靜靜地、靜靜地，在固定的低溫下，躺成液態的活者。在某些時刻，比如經過某個現代化的酒窖，或者喝著某瓶在波特酒桶裡，過桶熟成多年的威士忌，我才又會哀矜地想起——對了，還有那樣的一瓶酒，平躺著等待著我。

現在，那瓶波特酒，又比一九八五再更老一些了吧。

如同那些陳年在橡木桶裡的威士忌，這瓶波特酒被裝瓶之後，依舊會與天使持續分享著她的身體。

這樣的分享，相較威士忌的熟成速率，更加緩慢，也更為安靜。是一種需要消化很久才能被吸收的時間感。當喝著不同陳年調和而成的威士忌，我有時會在她們的酒體裡，喝出熟成了不同年數的時間。她們透過氣味、淚腳下滑的速度，瓊漿本身的酒精濃度，有時是顏色，與可能的沉澱雜質醇質，通知著不同感受的時間。

我坐在書桌上想像，關於威士忌語境的敍事，約莫都要擁有這類「分享時間感」的氣質才行。

我也想像過，如果抵達蘇格蘭的艾雷島，應該如何面對島上七座老酒場與一座新酒

是白狗，無數的白狗，在空氣中奔跑。奔跑中的她們，如同做愛中的喘氣，但無聲；如同陷落愛情的盲者，必須去頭刪尾，留下最穩定的心，才能獲得赦免，但無需告解，說出彼此相愛的秘密。因爲她們是還能存活的純粹溫暖之心。

廠的八種單一純麥威士忌；遇見島上一代又一代圍繞著麥田黑頭羊、也被海風包圍的蒸餾廠員工，我和他們分享的，不是別的，其實只是那些躲在年份背後的真實時間。

如此細細讀著《如果我們的語言是威士忌》，那它們就不再只是文字，而是蒸餾之後被灌入橡木桶的白狗。用舌尖嚐試的同時，這些文字不一定能接觸到時間，但都寫落了某種持續蒸發並且寧靜的香氣——某種過熟鳳梨果實的香氣。那些蘇格蘭威士忌，靜靜待在密封的空間裡，酒漿依舊透過辛辣的橡木木質的微小纖維縫隙，與圍繞在酒窖周邊的天使，交媾著美好。

可能是年輕時擔任多年酒保的遺毒吧！我很自然地喜愛著威士忌，像是走過台北這座城市，離開島嶼北漂數年，再返回島嶼，然後活下來了。就那樣的自然吧。

高地區、低地區、斯貝賽區，以及孤單停泊在海面上的島嶼區，還有那個半島上的坎培爾小鎮，我深深喜愛以威士忌產區區分的蘇格蘭單一麥芽威士忌，就好像開始寫小說之後遇上的那些小說家。

如果聚焦到艾雷島，樂加維林是卡夫卡，那位於中央的波摩有點像是papa海明威，小農場齊侯門可能會是日常短篇的瑞蒙·卡佛，充滿實驗力量的布萊迪可以對應大江健三郎，而雅柏會是啟發的行者魯佛，布納哈本是例外者村上春樹，卡爾里拉是優雅的卡繆，而拉弗格便會是馬奎斯了。她們與他們一樣，都不是容易親近的。我有個直覺，待在威士忌酒體裡的高酒精，對虛偽舌頭原本就是不耐煩的。她們是值得驕傲的。有句威士忌的老話，可能佐證我的直覺——喜歡威士忌的人，最後一定會回到艾

| 蒸餾廠旁的海岸一景 | 布納哈本 Bunnahabhain |

如果天使分享語言，那麼活著人可以聆聽嗎？祂們會從哪裡傳來聲音，從靜謐的海面而來？還是從舊了的船艙木縫裡，開始說話，或者吟唱，神聖與美好的威士忌之歌，然後讓所有不安與憂的活者，找到一片停泊的陸地與岸。

雷島——愛上那些燒與燻的泥煤與煙味，愛上那種無法停止的海風才能沉澱其中的潮藻碘酒氣息。

愛上了威士忌，便能懂得威士忌挑戰味蕾與嗅覺的姿態。

這些年過來之後，村上春樹的小說依舊迷人，我卻漸漸不在第一時間追逐他的小說，而是將小說放置書架一小段時間之後，再躲著一個人，慢慢開始讀。但不知為何，我越來越喜愛村上春樹寫的雜文。總覺得那裡頭，不是為了抒情與優美而存在，只是小說家的日常紀錄。會有這樣的閱讀口感的改變，或許是自己體認了一件事實：一個寫者，永遠也無法像另一個寫者那樣寫小說。還能勉強去努力的，是試著想像他那樣活著的日子。因此不管是描述爵士樂聲音的方法、成為一名在快速競走中察覺呼吸節奏的實踐者，或者離開熟悉的島嶼到另一個或大些或小些的島嶼，發現某位悲哀的旅人，我都決定持續喝著威士忌，讓身體習慣酒精殘留，微弱但持續度日。

這樣似乎不好，但也沒有特別不好。就如同年輕時閱讀村上春樹的過渡，也是一種緩慢的熟成。在寧靜緩慢的陳年中，我漸漸體會到，思考與書寫「威士忌語境」的日子，彷彿就是威士忌熟成過程中的「天使分享」（Angel Share）。

如果天使分享語言，那些文字便會從皮膚的毛細孔，隨著時間，被天使取走取用。

只不過，隨著時間，天使們還拿走了哪些？

每每想到這個問題時，我才會再次意識到，妻子與兒子都還在身邊，只是她和他都不在這間躲藏著威士忌的房子裡。

# 如果艾雷
# 值得敘事

在持續尋找威士忌的日子裡，有一段不短的奇幻時光，我深深迷戀著艾雷島威士忌。我單純以想像，想像著艾雷島。這種想像上的心甘情願，最終可能只是徒勞，就像過去曾經被一部阿爾巴尼亞作家伊斯梅爾・卡達萊的小說《亡軍的將領》給迷惑拐騙。只要走進二手書店，眼睛只願意尋找那本已經斷版的繁體中文翻譯書，心底只惦著那個尋覓戰士屍骸與自己亡靈的故事。

我總會譏笑經常徒勞於尋覓什麼的自己吧。

那樣的我，只能關上書房的門，拉上窗簾，躲著多餘的光，尋找關於艾雷島的關鍵詞——泥煤、煙燻、碘酒味、島嶼海藻、地板發麥、木製發酵槽、石楠花與蜜、流過地層的褐色泉水、Port Ellen、艾雷島大麥、蘇格蘭威士忌的發源之島……這些就像躲在小說細節的幽靈，有機的元件，漸漸立體地呈現在電腦螢幕。

這些艾雷島的威士忌詞彙，讓我迷惑了好長一段時間，也遺忘了煮一頓飯菜的節奏。迷惑與遺忘，不是因為距離，也不是因為另一座島嶼上蕭瑟與寂靜的照片，而是關於艾雷島威士忌的描繪。在閱讀威士忌書籍與威士忌愛好者、專家們的討論，我剛開始僅僅只是一名閱讀的戀者，而這幾乎也是所有。但隨著更多的閱讀，我深深陷溺於一種「艾雷島式威士忌的既定印象」。

這些威士忌文章的敘事論述，像似在紙上畫出來的漩渦，與島嶼東邊海心的巨大漩渦、也是歐洲最大的海洋漩渦 Corryvreckan，一起隆隆共鳴，持續繞轉，讓我對艾雷島威士忌的愛，也慢慢生出了質疑。我原本就是持續向自己提問的人，有時是向死者提問。我已經理解，提問經常無法獲得解答，也不一定真的需要答覆。一如小說，原本

| 艾雷島上布萊迪蒸餾廠的契作大麥田｜布萊迪 Bruichladdich|

風是不懂停止的旅者，所以祂只是走過。大麥從土壤裡鑽出來，探看世界時，這個世界只剩下風，願意擁抱她們。即便如此，懷有孩子的她們，依舊無比羞澀地低下頭，低語著慢慢熟成的呢喃。

就不是為了答案而存在。對我來說，小說一直都是逼近問題的工具。

我曾經停下呼吸、盡可能失去發聲的力氣，思考這種弔詭的敍事漩渦，其實也出現在溝通村上春樹小說時：當我們討論村上春樹，討論的是他本人呼吸於寫的節奏，還是賴明珠翻譯生成的村上圖騰？

這個討論的起點其實已經相當相當遙遠了，但我還是想從這切入去思考：讀者願意相信，閱讀文字是在採集作者對於文字施力的一種節奏。透過這個節奏的掌握，即便我們都成為如同逝者般的集體，我們，都一同偷偷聽見了小說家賴以活著的呼吸。然後，我們，發現了某種遊走在理性與情感之間的語境。最後，我們，以此開始思考共鳴。在此同時，我想到班雅明在〈譯者的任務〉中提到的「可譯性」。我猶豫著，這些威士忌詞彙是否可以真的傳遞訊息？語境真的可以翻譯出酒體的實際意義？當我試著以文字的語境去描繪威士忌時，我所寫下的威士忌語境，是否已經扭曲了威士忌本體……這類關於譯文本與原文本的討論，在喜愛蘇格蘭單一麥芽威士忌的諸多外國語國度，說不定已經有寫者曾經論及。

隨著時間繁殖，我試著深入生活的原點，並且反問：

這些討論的意義，究竟為何？

討論本身的意義，可以大於什麼？

讀與喝，都是寫者與飲者的平凡行動。這時候，意義上的討論，都偏離了日常。只不過，我只能持續思考。在一個人的房子裡，討論是毫無價值的，唯獨思考有動力繼續下去吧。

對於一座島嶼，我最能想像的，是從什麼都沒有的輪廓開始。有了一種形狀的輪廓，在輪廓裡生出點與線。接著試著座標出南北與東西，便能從點與線的細節裡，尋找出「名字」與「距離感」。最後由此生成關於某人的風味——這些風味，是屬人的，是屬地的，更是屬於靈的。

隨著喝，緩慢的喝，快速的喝，低溫與常溫的喝，等比例加冰兑水的喝，日式水割的偷偷嘗試，不再青春微醺之後的追酒，以及絕對清醒時的理性續杯，在可以眺望島嶼西北角天空的陽台書房裡，我慢慢記錄下幾種關於艾雷島威士忌的定置回聲：

泥煤煙燻，是威士忌的王道。

艾雷島會是蘇格蘭威士忌飲者的馬拉松終點。

艾雷島的單一麥芽威士忌，不是完全迷戀，就是無法融入。

單一麥芽威士忌，需要從不理解艾雷島開始喝，繞過一圈蘇格蘭其他重要產區，再回到艾雷島，才能真心喜愛上泥煤煙燻和突然衝鼻的碘酒藥味。

泥煤度（PPM），是傳統蒸餾廠的挑戰，也是獨立釀酒師標示品牌實驗度的指標……

這些尾隨在品飲者之間的流語，重覆敍述，不斷堆砌艾雷島威士忌的高度與難度，也慢慢讓艾雷島威士忌不容易親近，又給人追捧的特質。這樣的堆砌過程，像似一位有實力的小說家，先是聰明行銷與廣告，設定了作者的高度，因此被奇妙推捧，然後被推送到了盲從的高度。最後，小說家抵達了自我身影在作品中無限放大幻象的狀態。

這類狀態感的傳奇，不論是威士忌還是小說，無需多餘的神秘，多半是諸多小小的偶然與巧合，才能造就。那些勉強為之的嘗試，在一陣一陣細雨沿著窗台滴落的過程，最後都被淨身洗滌。這一點，從這座島嶼小國，在全球銷售與飲用單一麥芽威士忌的量能上，可以看出來。

一瓶威士忌與一位小說家，可以這樣類比討論？

這疑慮，也是艾雷島威士忌目前帶給我的外部感覺。

這麼描述，並不是說艾雷島威士忌名過於實。恰巧相反，我也是被這另一座島嶼上的威士忌，深深迷惑、緊緊困縛的飲者，願意為她們墮落到骨裡。

只是艾雷島威士忌在一座小小島嶼上的奇特現象，令我好奇。就像那些生活在這座島嶼上的小說家們，一樣令我不解——他們在島嶼寫作，最後留下了何種身影？

之於我，島嶼寫作的重點，也不是「身影」，而是「何種」。

究竟是盲從給了艾雷島威士忌該有的高度？還是百年以上的蒸餾廠歷史，一直以來都在「島嶼型威士忌」上占有獨特位置？我一直認定是後者。但前者的市場聲量，有如一片盲目花雨，隨著酒液滑過嘴唇，引誘飲者捲入辨識與敘事的障礙。

為了至少一個單純去理解的視角，一次乾淨的品飲紀錄，一次可能的威士忌記憶，我試著尋找自己與艾雷島威士忌，偷偷愛戀的方法。

這何嘗不是一種透過舌頭、鼻子與記憶的酒體外遇。

就目前比較容易尋獲的艾雷島威士忌，我在家中微微長出黴菌的小櫥櫃裡，備存有島上八家酒廠的基本酒款。當我懷著偷情以尋找愛的心境去理解時，又聽說了有第九家蒸餾廠 Gartbreck Distillery 已經在籌備運作。在不久的未來，將蒸餾出一批批的新酒，裝入風味未知的橡木桶，在那座威士忌飲者的鄉愁之島，誕生出新的艾雷島威士忌。這樣的心情，與當時知道布魯諾．舒茲的《鱷魚街》與《沙漏下的療養院》會由旅居波蘭的台灣翻譯家重新翻譯的消息一樣，作為讀者，懷著興奮，但只能緩緩畫著島嶼的輪廓，慢慢等待。

在決定試寫艾雷島威士忌的那一晚，我先是等待，讓當晚的月亮掉落到筆尖處。直到那光暈在墨綠色的天空上，慢慢染上的酒精，我搬出一瓶瓶比較常見的原廠蒸餾標準款，一小杯一小杯喝過一輪，才真的意識到一連串重要的叩問：

如何以威士忌的色澤、香氣、酒體、口感、尾韻，來鋪陳另一座島嶼的想像？

艾雷島，也是另一塊陸地邊緣的島嶼，並不容易輕鬆記錄成文字。

要先寫哪家蒸餾廠呢？

用什麼樣的指涉，切入靈魂嚮往的命題？

試著用何種關於記憶的視角，觸摸這八家蒸餾廠的威士忌？

面對艾雷島單一麥芽威士忌，單獨一個人的任性又是什麼？

啟動這些思索，我有不同光感的微小惡意。這個微小惡意，是基於想要透過威士忌尋找新敘事語境的可能性而衍生出來的偏執。

如果作為一位小說家，這樣的敘事，需要多少虛構？

我很快發現一個新的困境。我不確定這些關於威士忌語境的紀錄性文字，最後會成還活著的酒精妄語回憶錄，還是一本缺席的小說？如此的焦慮，推著我翻開書架上幾本關於威士忌的書寫，尋找每一本書中的地圖，並在不同比例尺下的圖騰，尋找艾雷島。

艾雷島不在我的旅者地圖上，不在飛行的累積里程數上，不在制式標準品飲筆記的

｜酒窖倉庫裡以艾雷島大麥蒸餾的威士忌根部｜布萊迪 Bruichladdich｜

我一直以爲，以時間爲鉛筆，畫出一個人的足跡，那這應該會是一個圓形。如同橡木桶的桶蓋一樣的圓。只是，沒有人知道直徑會是多少，也不會有人知道，這個畫圓的線，會不會走歪；最後會不會連回到起點。但我覺得這條線，時間的鉛料，是一種根部，就像「Islay Grown」一樣，是艾雷島的根部，在這個島嶼上生長著。

紀錄上，那麼艾雷島與我的距離，究竟為何？它與台灣這座島嶼，相對於微醺的距離感，又是如何？我甚至聯想了，我與同樣困在一個潮濕公寓裡的妻子兒子，三個人之間，如果有一種被稱為距離的描述，那樣的距離又要如何進行敍事？

面對另一座島嶼，我生出許多遐想。在真的出發並抵達艾雷島之前，已經忘了有多少個夜晚，我在夢囈中醒來，走到飲水機前喝水，同時哭出徬徨的眼淚，思緒卻持續流連在這座島上的不同蒸餾廠。

如果真的抵達，我會靜靜待在那座島上，試著擁有一段屬於它的完整時間吧！

如此抵達彼岸，抵達另一座島嶼，是會生成意義的吧……

我如此無能為力，卻又時時說服自己，這個抵達，不要太早到來，這樣才能豢養另一座島嶼的飢渴想像。即便這個想像有可能不符實際，與認知有落差，甚至讓曾經誕生的想像瀕臨於死，我都覺得那會是一種美麗。

也因此，我才能想像波摩蒸餾廠（Bowmore）古典的木槽發酵桶裡，有某些特殊的菌種，靜靜待在使用了數輩子的木質縫隙間，誕生，並死去；再次變異誕生，然後再死去。數以千萬計的它們，留下養分，一如書架上那些經歷過無數輪迴的小說家，以及他們留下的小說，與關於小說的論述。

這些被光與影俘虜並持續進行的想像，還有拉弗格蒸餾廠（Laphroaig）。那些躺在室內地板上靜靜呼吸的大麥，在輕微接觸日與夜的感覺上，等待著翻麥工人拿著鐵耙，輕輕犁過平鋪的她們。接下來，我就會聽見麥芽初醒的聲音吧。說不定，還能聽見布萊迪蒸餾廠（Bruichladdich）自家裝瓶廠內，那些原廠酒瓶走過機械履帶的清脆碰撞。說不定，還能看見樂加維林蒸餾廠（Lagavulin）燃燒泥煤時，火的光色，襯著艾雷島本島上的契作大麥，在晚霞紅光下搖擺。

度過了這些夜，在某個只有煙斗陪伴的深夜，我閃過一個念頭：以她之名，面對艾雷島上的單一麥芽威士忌。

這或許與許多人聽聞艾雷島威士忌的「男子漢硬度」，有些不同。這些晚間時刻，我在記憶中流連往返，也喝下了這些深邃的夜。我真心覺得，Ardbeg 是她，Lagavulin 是她，Bruichladdich 也可以是她。即便是挑戰泥煤 PPM 極限的奧特摩（Octomore），那宛如神話妖姬般的瘋狂與甜美，我都想試著主觀敘事，以溫柔陰性的「她」為名。

這只是我身為男性的一廂情願。回想過去工作的實際經驗，經歷十年以上投入、依舊保有愛好的幾種美好：小說、手錶、威士忌，以及女人……都與時間有關。

小說：記錄活的軌跡，對抗活的焦慮，一個人獨自掉落小說時間的細節縫隙——這些寫小說的痛與自虐，我無法與妻子兒子多聊。緣由十分單純：寫，是一個人獨處時才會出現的單字。任何大於這個字的，最後都是多餘的。我想，留在過去與未來，那些還值得寫落的小說，由她們以及那些角色、那些故事，自己去親吻讀者的眼。除此之外，對於愛上了的後三者，使用「她」似乎都不會不妥。

手錶：計時器，計量時間本身的器皿。比如秒針，我從看見她的彈跳舞步，過渡到優雅的滑步。

威士忌：熟成時間。酒體，是無法入睡的。她困在密閉的橡木桶裡，持續醒著好久好久，我才藉由她發現：時間可以變化氣味，變化辛辣感，變化酒精度，變化瓊漿的染色體。她與她們就這樣醒著，讓時間進入溫柔濕潤的液體體內，如卵子受精，然後改變一切。

女人：一直讓所有人愛上的另一種軀體。我也是會愛上的，並試著持續去愛，即便我可能已經喪失了去愛的能力。但由她為土地孕育的新生命，我願意在靈魂死去之後，由孩子接續曾經是活者的時間。

這一切都關於時間。如果不是，我無法理解自己與她們被誕生出來的意義。

安心如此。我整理著一個個曾經裝著威士忌的提袋，將它們反摺鋪平，拉好提袋的耳朵，把它們一個個收納在那個裝滿提袋的抽屜。隨後，喝艾雷島威士忌的時間，也就慢慢立體起來了。

每一次面對，都是敲打橡木桶開桶的一瞬間。我如此寫下，也害羞通知自己，也許所有人都不會相信吧，在喝威士忌的過程，有時連物體、景深、角色，都會在空間裡慢慢顯露出她們的靈魂。

真的有人相信嗎？喝，在腦中會生成分格影像連動的畫面。

我隨手翻讀已逝威士忌殿堂級大師麥克．傑克森（Michael Jackson）的著作：《麥芽威士忌品飲事典》，那些描繪威士忌的「顏色、聞香、酒體、口感、終感」的品飲紀錄，對於著迷於文字敘事的我，是一場經歷想像漩渦的過程。

我謄寫，麥克．傑克森對於樂加維林十六年單一麥芽威士忌的《麥芽威士忌品飲事典》筆記：

## Lagavulin 16-year-old, 43 vol.

顏色：飽滿的琥珀色。
聞香：海浪、泥煤煙燻；嗅覺後端有些刺激。
酒體：飽滿、平順，非常堅實。
口感：泥煤的乾澀、好似加了火藥的紅茶；當口感逐漸發展，出現油性、青草，以及明顯的鹹味調性。
終感：泥煤火焰、溫暖，有如緊緊的擁抱。
分數：95

我從散布黴菌的櫥櫃高處，拿出樂加維林十六年，抖落少量的粉塵，也抖落少量的抽象，試著解讀麥克．傑克森的文字：

顏色——「飽滿的」，閉上眼，我也能想像那一直一直重覆在夢裡的色澤。

聞香——「嗅覺後端」是一個充滿階段節奏感的描述。讓我在思考氣味中等待「後端」的時間點，以及這個後端時點到來的瞬間，「刺激」可能為我帶來的記憶。我試著將鼻子更深入標準杯內，停留時間也再久一點，試著放大被描述的「刺激」。

她是典型與飽滿的艾雷島泥煤煙燻氣味嗎？因此才被描述為刺激？

還是如麥克．傑克森所記錄下的「海浪」？

是海浪的氣味。從海浪最初也是最深的距離，一路湧到岸邊的氣味，又會是如何？

我搖動已經裝了少量的她的杯身，讓酒浪一波一波推動氣味湧入鼻腔。那些沒有被寫出來的複雜辛辣，甚至是醃漬海帶小菜的辣味醬油香氣，都開始出現。從深邃海心飄上岸的氣味，還有更多難以描述的，無關人的記憶，而是各種沿著海岸線奔馳的記憶：像是「岩石的乾淨意志」那樣的無數氣味。

酒體──「非常堅實」的一種酒液。如果與低地區的蒸餾廠比較，很快就能將這樣的「堅實」立體起來。因為她像一道柔軟但厚重的泥牆，遇上了舌尖的推，一樣可以讓堅實感覺，在口腔裡滾動，完整傳遞出她特有的尖角與邊脊。

口感──「好似加了火藥的紅茶」這一句，如同麥克．傑克森曾經寫下撼動過我的其他句子，讓我驚豔不已。在乾澀但有香氣的褐色液體，如果偷偷灑入小時候玩具左輪手槍的火藥粉，會出現什麼新奇的味覺？因為這樣的聯想，我不斷擠壓著記憶──「小時候」，究竟是什麼？還留存什麼？哪些留下的是要被遺忘的？還有哪些已經固定在腦海，描繪了永久的畫面？我甚至想到，作為一位永恆的失職者父親，我能為兒子的「小時候」，留存什麼樣的口感？

終感──「泥煤火焰」、「溫暖，有如緊緊的擁抱」，這是兩種（或者三種：將溫暖與擁抱分開）體感式的描述，都跳脫了一般對於品飲「終感」的寫實描述。這類的抽象，就像自己與文字一樣，是少量的，是屬於邊境的，一直以來都不特別需要清晰的指涉。

在僅僅只是足以感覺的世界裡，這樣的敍事描述，總是像略帶潮濕的柔軟空氣，在放下酒杯與筆的瞬間，令我安心躺平，安於呼吸。接下來只要閉上眼，泥煤火焰的視覺感，溫暖的體感，以及緊緊的擁抱所帶來的柔軟、氣味、觸感，都會給我帶來一口酒「尾韻」的極多畫面。

麥克·傑克森以文字解讀了她，我以他的文字解讀了她。

在品嚐樂加維林十六年單一麥芽威士忌的過程，我想像他的文字，以想像她。然後開始生成屬於自己的畫面。如此從文字生出畫面的過程，在那一年，跟著台灣絃樂團前往歐洲巡迴途中，我在法國的音樂廳裡，透過聆聽絃樂，輕輕地觸及，清楚看見了畫面的生成。

看見抽象描繪的畫面，這是人活著可以擁有的經驗。

一個人，還能清醒著，閉上了眼，在似乎有光的暗影眼瞼裡，視界失去辨識座標的片刻，如果還有值得追求的，或許就是看見了什麼。

因為音樂生成的大麥穗浪，

因為氣味呼出來一條筆直的空拍海岸線，

因為撫摸過小腿肚皮膚而喚醒的一位曾經喜歡過的女孩，

因為親吻另一片嘴唇，在閉上的眼瞼出現她微微乾燥的上唇。她舌尖的潮濕，有果樹木頭的微辛。她近近呼出的喘息裡，有低調淡甜的巧克力苦澀。

這是喝的過程，也是看見的過程。

我曾經看見，一定也有無數的另一個人，和我有相同的味覺共鳴，看見了這支樂加維林十六年單一麥芽威士忌。

接下來，我要追問：另一個飲者，看見了什麼？或者，要追問的是，另一個威士忌寫者，看見了什麼語境？

再次翻開麥克·傑克森與執筆群合寫的《威士忌全書》，有一段是由執筆群之一的戴夫·布洛姆（Dave Broom）描述的加維林十六年單一麥芽威士忌：

**樂加維林十六年**

43%

顏色：深琥珀色／古銅色

聞香：豐富，具有香氣且複雜，帶有槍械硝煙、煙火、拖網線、燉煮梅李及黏稠的焦糖布丁等香氣；雪茄煙及小種紅茶

酒體：飽滿

品飲：非常的複雜；乾海藻及香水般的煙味

尾韻：非常長；煙燻、濃茶

小小書房的書架上，還有另外一本戴夫·布洛姆的個人著作《世界威士忌地圖》。在這本威士忌語境裡，「同一個另外的他者」筆下的她，生出了另外的敍事風貌。我也一個字一個字，像個複製藝術品般的他者，謄寫如下：

樂加維林品飲筆記

16年43%

氣味：厚實、剛勁、且複雜。煙味非常重，混合了煙斗的煙草、燻窯、海灘的火堆、煙燻屋等氣息，與熟透水果味合而為一。少許雜醇油和正山小種紅茶的味道。

口味：稍微油滑並衝擊著煙味。首先是帶著一絲藥味的水果味，伴隨香楊梅，同時煙味逐漸延伸到味蕾末端。優雅。

尾韻：綿長與複雜的組合。海草與煙燻味。

結論：展開快速，奔放的特質開始收斂至海岸泥煤的精髓中。

多少個夜晚與日交替過去，我不再焦慮於挖掘「燉煮梅李及黏稠的焦糖布丁」、「香水般的煙味」、「海灘的火堆」、「少許雜醇油和正山小種紅茶的味道」、「奔放的特質開始收斂至海岸泥煤」……這些美麗辭藻所帶來的抽象衝擊，以及這些文字描述出來對嗅覺、味覺延展的體感可能。在這些語境的土壤裡，書的作者將她歸類在「煙燻泥煤型」的風味陣營，並賦予延伸品味的對照組是朗格（Longrow）十年單一麥芽威士忌。

這紀錄的變化，是體感的改變。為了什麼而改變？就像我經常聽到的討論：文學小說的重讀效應。

重讀卡繆的《鼠疫》與重讀馬奎斯的《百年孤寂》，是否也是讀者隨著時間而進行的，體感的改變？這種重讀意味著：讀者更加成熟地靠近理想讀者了？還是小說的訊源被重覆但進行了不同的理解？重讀的必要，或許也說明了十六年的樂加維林，在不同時期裝瓶，酒體是可能發生略微的差異。

不過更加簡易、更容易說明的是：飲者的心境不同了。

在此將威士忌與小說進行如此判讀的意義是：將讀者與飲者之間的界線塗銷。

我經常對那張失去妻子的沙發，喃喃自語：造成改變的原點，依舊是時間啊。不是烤箱的溫度，不是毛衣的針線織數，不是兒子的成績單，不是書架上排列擺放錯位的黑膠唱盤。所以也不是樂加維林的熟成期增長，而是喝的人在這段書寫與紀錄的間隔，又活過了另一段被外部敍事持續影響的時間。

飲者「活的時間」，被光與影的風吹移，重喝時，記憶，也就悄悄地被自己篡改了。

誰會去篡改自己的記憶？

我知道，我會的。每當這麼想，喝一小口樂加維林十六年，就像取出文．溫德斯的《一次》，再一次進行重讀。而這《一次》，已經生成了一次全新的觀看視角。

一次，以及，再一次；對等思考的是，曾經的一次，以及更多已經逝去的一次。

我多次看著遠方的台北盆地，想像：如果每一口威士忌，就是曾經的一次。如此一來，威士忌的敍事語境，也可以是一次的溝通；也可以像是「小說重讀」，帶來不同層次的體感價值。當然，一次有選擇性的溝通，是只溝通對威士忌有所感動的人。小說也是，只對故事與角色發生情感投射的人，進行時間差溝通。

不論是一次，還是多次的一次。上述那些緊密排列如同橡木樹幹年輪的體感文字，像似走入花藝展覽館的繁花視覺，如何在威士忌語境寫者的腦海中形成？然後被寫落，記錄成一次品飲筆記？如此提問原因是，在我粗糙與有限的視角裡，過去曾經閱讀過的威士忌文章，多半完成了紀錄，但鮮少流溢出記憶；更多的是紮實的知識描述，但不一定會突然飄浮於空氣，生成語境。但這些討論威士忌的文字，都成為我著墨威士忌的美好養分。只是彆扭的寫者如我，想要試著進入的是：

關於威士忌的書寫，是否有天使分享過程中那種神秘幻化、逐漸消逝的幽微時光，並且讓抽象敍事搖擺起來？

一次就好。

這樣的一次，妻子也說過：陪伴，一次就好。

未來的兒子說的一次，則是：如果一輩子只能有一次陪伴，至少留給因你誕生的現在的兒子吧。

如此接近恆久但只是瞬間的一次，在試著結束長篇小說《幻艙》的日問與夜裡，我曾經在酒精散溢的時光之艙，深刻體會過。這類抽象經驗的生成，實在不容易描寫；一旦落地成字，卻又真的迷人迷惘。那時光的瞬間，讓我忘記臉頰上的眼淚，已經被風吹涼。

關於記憶的語境，宛如一種癮，比酒精更容易墜入。

對於一位因文字而迷醉的小說家，沒有語境，再多威士忌，都是多餘的。然而，我其實無法確定，癮，是因為寂寞，還是因為酒精。或者，威士忌的酒體裡會生成寂寞，而寂寞會在眼淚中反覆蒸餾出酒精。

｜蒸餾廠海岸夕陽｜樂加維林 Lagavulin｜

我曾經想過，一座蒸餾廠可以擁有何種夕陽？以及，一個人如何被那樣有如威士忌酒體的顏色，包圍擁抱？不知爲何，我有這樣的記憶：我曾經在夢裡去過這樣的一處夕陽海景。因爲做了夢，就成爲記憶，無法找到遺忘她的方法……

活著究竟是什麼？如果是小說，語境本身就是：等於一切等待的。

這些關於語境的思索，都還不是句號，都還在路途上，在每一個微醺的清晨與深夜時刻，跟著太陽走過陽台的路線，向前走幾步，在味蕾與鼻腔甦醒時，出現屬於威士忌的逗號。這些美麗的酒精遐想，推動我持續品飲，持續寫字，不停抖落平地矮樹上的初雪，嚐嚐曾經住過三年的北京冬天味道；推著我走過一次沒有時間限制的台灣鄉間，走過一戶戶美麗的小農家，嗅聞與品嚐，這些……

逝世外婆熱炒的豬油肉汁，
孤單安靜老人烘烤的龍眼干，
飄在天空中熟成的剝皮甜柿子，
散開於山區小學的杜鵑花蕾，
太陽下整齊排隊等待烘乾的乾蘿蔔，
正在微笑的無糖蜂蜜，
叫賣中的鹹味南瓜子和被捏碎外殼的黑金剛花生，
堅果家工廠飄出的杏仁芝麻混合養生粉，
島嶼東岸海風吹拂後包裝的金針花花瓣，
由老邁岳母曝曬而乾燥的客家長豆，
任由光線穿透而發光的紅金烏魚子，
被雨滴沾染、突然懂了悲傷的吉野櫻花花蕾，

被海水包圍又掙脫的東石牡蠣，
淋過熱糖漿之後加層一張冷白臉的麻花卷，
又或者是，在夜裡響了一聲無事、但引我想起一生的熱軟爆米香，
和那些……種種的在地事物，在微光裡的色調，由呼吸走神的氣味，入口之後由舌床擾動的軟硬度，以及吞嚥之後再呼出的、最後一口關於自己的尾韻，才是屬於我用來發現、辨別、分類，並用以溝通威士忌的文字。

思緒游移到這，意念會在這，逃避也會在這。我意識到自己總是在逃避，才以文字填寫空白，將時間與記憶鑲入自由活著的酒體裡：
威士忌的時間，終究會熟成出值得的記憶。
威士忌的記憶，終究是由觸摸了時間的人品飲。
這兩者的交錯便是品飲威士忌時值得紀錄下來的語境。從氣味、味道的記憶底層，拉扯出幻境裡的威士忌輪廓，記錄以時間，紀錄於時間。
威士忌，是值得被落實成抽象之後再生具象的液體。這不只是想像，更像是一種讓飲者悲哀的廣告語：威士忌，是一種能引來無以名狀的生命之水。

品飲威士忌，我是先把「品」、「飲」分開，並簡單賦予最表層的解讀：前者，是寫者記錄威士忌的想像落實；後者，是飲者記憶威士忌的抽象過程。
這麼描述，是偏頗的。我放大了想像與抽象的表述，縮小了寫者可能挖掘到的實

際體感，也可能忽略了喝的過程中，諸多飲者因威士忌而累積留存的「相似共通點」。這個皮層論述，反撲了先行的論述。但我深深相信，威士忌真的存有一種語境，值得寫者追尋。反向來看，如果無法賦予威士忌書寫一種「等於創作」的絕對自由，那麼如此主觀的品嚐與享受，對於另一位飲者，其實沒有意義。這樣迂迴的套式論述，偶而會讓自己噗噗竊笑，因為那真的是頑童的詭辯。就像孩童時，我老是用手指偷偷伸進外婆的糖粉罐子，偷吃得逞了，又說沒有沾到；被追問還要不要，又說剛剛吃得不夠。

品飲單一麥芽威士忌，是單次的，重覆的時光。

過去，那些參加威士忌品飲活動，已經累積成我的日常。不過，品飲時的喝，可以稍稍大於日常的喝。對照呼吸，就是有感的呼吸。特別進行威士忌品飲，就像是特別去感覺某一個時刻的呼吸。我還記得，格蘭卡登（Glencadam）這個座落在蘇格蘭高地東區持續運作了近兩百年的蒸餾廠，在某個單次的時光裡，準備以新的姿態重新面對這座島嶼的飲者，這樣的企圖，吸引了單純像我這樣的日常飲者，進行過單次且專心的品飲。

同一家酒廠的單一麥芽威士忌品飲，經常隨著年份進行橫向的溝通。一杯一杯，上頭蓋著困住香氣、酒精、風味的杯蓋，放在標示品牌與年份的小圈圈裡。從低年份到高年份，從單種橡木桶陳年到進行時間長短不一的風味過桶，讓飲者有機會，從酒廠的基本風格出發，慢慢讓飲者發現釀酒師的企圖。格蘭卡登單一麥芽威士忌的裝瓶的年份，從十年、十二年、十四年、十五年、十七年、十八年、十九年、二十五年⋯⋯

都有；這些年份的數字本身是有意義的。其中還包含了不同風味酒桶的過桶嘗試。

我持續思考「過桶」之於小說的意義：敍事的變奏。

多種年份裝瓶，再加上風味桶的羅列，對於小型的蒸餾廠，其實是不容易的。這背後意味著，酒窖裡有穩定的儲酒量，還要有長遠規劃陳年的高年份藏酒。不同風味桶的管理，更決定了不同年份酒桶的風味變化可能，以及帶給飲者的期待。

每每與少數能夠一同喝到深夜的小說家W，聊到威士忌生產中的管理，我總會想到——小說家在對抗長篇小說時的寫作生活管理。這對我來說，幾乎是同一件事：緩慢在時間裡思考與時間的對抗，究竟有何種視角，應該是如何的姿態……這或許就是威士忌一直與我的文學思考產生牽絆的基因。

當時間拉長到數十年以上作為思考單位，這些現象，就都變成了格蘭卡登吸引我的點。作為一個字一個字以年做單位的寫作者來說，如此在時間靜流裡思考著酒液的變化，然後一年一年思考發展的蒸餾廠，便是值得威士忌飲者期待的作品。

我記得，在品飲會上，說明時間的數字，一直都像沒有底的洞，引誘我向杯子底部探看，尋找那種不是真正的透明。「那一次」品飲的三支格蘭卡登，十年、十四年、十五年，剛好可以說明這個蒸餾廠的充滿蘇格蘭高地區悠久韌性的內在核心：

高地威士忌（Highland Whisky）的波本桶「基調」；以及累積年份之後再移動到不同利口酒桶以過桶（Finish）收尾——這為原本的酒體，染上顏色，浸潤出更複雜的風味，以此改變、調整、突破酒廠基本款風格的「變調」。

格蘭卡登十年單一麥芽威士忌這支基本款，酒評家吉姆．莫瑞（Jim Murray）在連

乾淨的本質就是一種單一調合的意志。

續多年的《威士忌聖經》（Jim Murray's Whisky Bible），都給出了高分。作為我想像中的「高地區基調」：具有初生原始波本桶風格的典型特色，她確實稱職。另外，這個酒廠使用The Moorans河谷區湧出的泉水「神選之水」，也如同文學的「神秘」基調，是以「向上15度」的方式，向上逆流，成為格蘭卡登蒸餾廠在釀製威士忌的諸多用水。這個神秘的「向上15度」，也被運用於使用了近兩百年都沒有改變的「向上15度」的林恩臂——以增加更多的回流，萃取更純粹的新酒。

這些語境背後的話術，其實可以十分商業，也如文學無須全知的靜謐。以此十年基調轉變到雪莉桶過桶的十四年的格蘭卡登，說明了變調的風味意義。而純粹與持續在波本桶待了十五年（以上）的格蘭卡登，因為時間而出現彷彿存在的「鹽味」，也是時間造成威士忌純粹基調轉變的真實印記。這些變化，就像曾經躲在陽台外洗石子階梯上的兒子笑容，讓威士忌成為值得品飲的液體。

我想到了那感覺遙遠又貼近的詞彙：

「生命之水」——生命是從不停重覆的時間縫隙裡滴落的、充滿香氣與味道的液體。

飲者與寫者，喝過寫下了，又被記錄的經驗，翻轉了先前的感官。

對愛好者來說，威士忌語境的書寫無法烙印標準？關於創作的載體，不論威士忌，還是小說，大量的先行者都給了最美好的寶物：那個似乎可以說清楚又模模糊糊的外圍框架。

## 色澤

香氣
酒體
口感
尾韻

這五個切入點，是我最初認識與記憶威士忌的甜蜜五角形。

以五角形的量能程度圖來分析威士忌，會出現無數相似、又不完全一樣的塊狀圖。每個不同的五角形塊狀圖，都是每一支威士忌的光譜。然而在風土、原物料、蒸餾製程、法定規定等等「類似」的限制前提下，蘇格蘭單一麥芽威士忌會輻射出什麼樣的光譜？

對於不喜愛威士忌的人來說，「差不多」可能是標準答案。只不過，陸地與島嶼的風土、大麥的產地、是否以泥煤煙燻、酒汁發酵時間長短、壺式蒸餾器的形體、頸部高低、林恩臂的角度、酒心取得比例、飄洋過海的風味桶、熟成年齡的時間長短、首席調酒師的鼻子與味蕾，甚至是橡木桶熟成期間距離地板的高低、儲藏酒窖距離海的遠或近、海風是否強勁……這些單一、微小、瑣碎也繁雜的可變因素，不停交錯影響，讓每一支威士忌呈現出可以辨識差異個性的細節。

這些微小的異質性，也在我經驗過的文學小說裡，慢慢放大。

在享受威士忌的同時，最撩撥我心弦的，就是單一麥芽威士忌之間差異的探尋。

這種異質個性的比較，在艾雷島上，最有趣的對比，莫過於緊鄰著島嶼南岸波特艾倫港口的拉弗格、樂加維林、雅柏這三家蒸餾廠。它們在基爾戴爾頓（Kildalton）海岸，一線羅列排開，是麥酒迷的艾雷星芒。

已經進入艾雷島單一麥芽威士忌的飲者，應該都理解，這三家酒廠在「碘酒、火藥、泥煤、煙燻」這四種品飲關鍵字上，肩負著傳教士般的身分與任務。

關於這三支威士忌，我做過一個不合常理的實驗對比：深夜喝完拉弗格十年、樂加維林十六年、雅柏十年，不洗杯子，數個小時之後的隔天清晨，細細嗅聞這三個空酒杯，尋找前一天晚上乾燥之後，她們留存的最後一道呼吸。

拉弗格留下了：土香。

樂加維林還有很立體的：焦果。

雅柏留下依舊濃郁的：煙甜。

一個夜晚過去，讓原本嗆辣的她們全身裸裎，在不透明的杯底遺留最一道單一的氣味尾巴。這個小對比，是偶然發現的。這三者的隔夜餘韻比較，一定程度擺脫了「蒸餾器」與「泥煤」帶給這三家艾雷島蒸餾廠的原點限制。沉睡一夜的她們，因為過長時間被空氣侵擾，而生出淡淡海水、泥沼與新鐵的雜氣，同時也淘汰那些調和術者埋藏的美好陷阱——層次繁複但也可能脆弱的「嗅幻覺」。

在我私心的威士忌語境中，嗅幻覺，是一個等於小說的詞彙。

在小說幻術消失之前的魔幻時刻，留存下來的，就只有純粹認知的訊號。而這些最終活下來的餘韻，看似單一薄弱，卻有利於靠近威士忌的根性，成為辨識符號。最終的餘韻，會不會是鍊金術者埋入的下一顆種籽？我時時自省，就像面對寫下的每一個

|The Moorans 下游的泉水流道 | 格蘭卡登 Glencadam|

「大麥、酵母、水」，這三者是威士忌的原料。那麼一個活者的原料呢？我想或許是：肉體、知識、靈魂……我想像，水可以是威士忌的液態靈魂吧。當我們訴諸靈魂時，祂便成了唯一我們需要去相信與愛的抽象。但是，對於信仰，我依舊還有猶豫，無法單純以喝、單純以寫，進行純粹的檢視。

一艘船，載運來什麼、又載運走什麼？來來去去的「什麼」，在意義的生成上，值得再次被討論嗎？那些喝下的記憶，值得來來去去有如候鳥的漂移嗎？

小說故事結尾。

不論是單一麥芽威士忌，還是小說，多半是透過比對，更深入去捕捉她們的形式。比如，單一酒廠的垂直年份品飲，類比依出版年份閱讀石黑一雄的長篇小說；比如，蘇格蘭北高地區、西高地區、東高地區、核心斯貝賽地區的威士忌風土影響性，也可以試著選出福克納、費茲傑羅、沙林傑、唐・德里羅，進行國度內的文學分野比較；又或者，限定蘇格蘭本島南方，探索歐肯特軒（Auchentoshan）、格蘭金奇（Glenkinchie）、布萊德納克（Bladnoch）、小磨坊（Littlemill）、玫瑰河岸（Rosebank）這些少量尚存或已經關廠的「低地區蒸餾麥酒個性」，以此介入三島由紀夫、大江健三郎、山田詠美、柳美里的日本私小說風格……這種種垂直、橫向、區域風格的比較，讓單一麥芽威士忌也充滿溝通小說形式的變奏。

威士忌的誕生也是充滿了「形式先決一切」的認知基礎。在諸多形式與形式的標準下，蘇格蘭產出的蒸餾麥酒，才足以讓飲者在受到規範的狹巷裡，擁有液體流動的敘事自由度。

限制的場域，美學的所在。

這與我深愛與依賴的小說，如此相似，也使人酣醉。

也因此，屬於我的樂加維林十六年單一麥芽威士忌，因此有了一絲日常記憶的可能。

那一夜，我煮熟了三顆溫熱的芝麻湯圓。那一夜，樂加維林十六年單一麥芽威士忌，突然變成我十分深愛的一支威士忌。一切發生，都是突然的顯影。就像我突然懂得湯圓外皮的黏稠感，與優雅有關。而湯圓的內餡，芝麻的甜與蜜，在與麥芽金的體液交融之後，我接續寫出了關於小說的記憶，那可能是滿足的記憶：

那一夜，我持續是一名威士忌飲者。那一夜，我離開了熟悉十六年的月刊雜誌工作。十六年，是我雜誌生涯的全部，但只是一瓶威士忌熟成裝瓶的最低年限。以此思考時間，會知道時間的無感、冷血與絕對客觀，只是一次微笑以對。時間如此，生活又該如何？我決定重新調度秒針分針時針的移動感，使用更多的時間，陪伴兒子去踢足球，打網球，一起煮飯、看漫畫、選電影……做一些無比日常的小事。希望在兒子還需要我的時間裡，靜靜站在球門的後方，一起凝視共同眺望的方向。

當我喝一口樂加維林十六年，那時依舊持續長大的兒子，一臉遲疑看著我說，「喝酒，好嗎？」

我叼著煙斗，看著那小小的、瞳孔略多的黑眼睛，一派正經回答，「等你長大了，就會知道，真正的問題，一直都不是好不好的對與錯。現在喝的威士忌，其實沒有對錯，也可以是一種好。她之所以被誤解，是因為人給出了惡意。你懷疑的『喝酒，好嗎』，不是威士忌的原罪。」

我似乎看見了，兒子深黑的瞳孔裡有更深的疑惑：原罪，是什麼？

這樣的一次夜間，我妥善藏在心的縫隙。雖然知道，終有一天，兒子會盤球離開有我的足球場。我依舊持續想像，有一天兒子終究會與我聊到「原罪」這個問題。在那之前，我希望兒子靜置在歲月的木桶裡，能夠熟成的慢一些，長大的再慢一些，像個新酒孩子的時間，再長久一些。而我則試著為自己藏好紀錄，在這段躲入洞穴的時光裡，活著，追問日常的神祇，一個人是否有機會可以簡單一些？獨自的活者，又可以用哪一種減法，把軀體獻給天使分享，熟成為一支純粹寫者的威士忌？

天氣幾轉，總會回到低溫的冷。我已經如此進出無數個冬日的洞穴，這關於微小自由的祈求，神是否不能、也不願意給予？

| 蒸餾廠外的黑頭羊群 | 布萊迪 Bruichladdich |

時間之神，剛好以羊群集體行走的速度，熟成了一整座的威士忌酒廠。

# 初戀風土初心

在沒有寫、也無法寫出什麼的虛構房子裡，我緩緩喝著，想像著蘇格蘭本島上的泥煤田天空，正吹拂了什麼味道的風；也在地圖上跳島，繞過一圈島嶼區威士忌，然後迴旋，回到艾雷島。

飲者，也可以像似經歷宿命一樣輪迴。

我試著從布萊迪（Bruichladdich）這座蒸餾廠開始，重新返回島的微醺。那些關於橡木桶浸染的顏色，關於大麥產地的印證，關於設立裝瓶廠的人本價值，關於平行在泥煤和海風的嘗試，以及關於不可見的土壤、氣溫、雨水、微生物變動……這些都值得以文字細緻去挖掘布萊迪單一麥芽威士忌的風土，一杯如同一釐米，深掘語境產生的可能。

多少年了呢？探究威士忌時，我總會想起一位已逝朋友 J 說過的：不要只從文學的角度來看小說。

這像是教條的一句話，持續影響我面對小說的姿態。不要只從自己的眼，去看一座島嶼；不要只從還能跳動的心臟，去刺探構成世界的鏡面。但這極其簡述的一句話，卻不容易真的落實於日常。人啊，如我，經常會被極其簡化的一句話所吸引，但這種概論性的描述，最難的是實踐的生活過程。

外部的世界，還有許多許多，就是小說。小說本身，就是世界。這樣的概論說法，也一樣成立：艾雷島不是蘇格蘭威士忌的一切，與唯一視角。只不過，這座不大的島嶼，無法簡單，只是喝過。

從這島探看那島，是如同交通號誌燈一樣純粹的視角。

這個品飲的節奏，讓我想到島嶼區威士忌與艾雷島威士忌之間，視角切換的微妙關聯。廣義的島嶼區威士忌，也讓我從島嶼回看蘇格蘭本島的單一麥芽威士忌，重新對焦斯貝賽、高地、低地、坎培爾鎮的「地域風味區分」——我意識到，這也是一種索引式的既定印象，容易陷入辨識泥沼。

這可以是「單一」的全部。也可以慢慢擴大詮釋：不要只從單一麥芽威士忌來看待威士忌，也不要只從艾雷島標示所有島嶼區威士忌。以此回頭檢視：艾雷島的單一麥芽威士忌還有哪些敘事語境？從屬於我的島嶼時光向外輻射，確實看見了「泥煤的另類他者」、「十年的熟成與陳年」、「橡木桶染色體」、「酒體的記憶條碼」種種威士忌語境的敍事點。

那麼就先從布萊迪單一麥芽威士忌的設計切入吧。

對於極簡設計風格的愛好者，布萊迪的酒瓶、瓶身文字與鐵盒外部顏色所傳遞出來美好，充滿不可言喻的現代「感」。

這些設計，是如此可感的。如同「煙燻」與「岩藻」的詞彙，直接帶給我可以看見的霧體和可以嗅聞的鹹味。我也以此解讀布萊迪威士忌酒瓶上的文字，帶領自己進入沒有光的真空洞窟。

文字本身，原本就沒有色譜、沒有氣味、沒有味道、沒有聲音、沒有觸感。在啟動描述之前，文字只是無感的符號。但是一透過定向敍事，我們得以看見光裡的顏色，挖掘出可以共感的嗅覺味覺，與人進行溝通；甚至是堆疊出忽然泥軟纏繞、忽然硬實激昂的管弦樂章，聽見冰河崩裂行走時的步伐聲。如果文字描述足夠精準，便可能喚起仿若寄生於午後夢境中、只屬於皮膚的第一次性愛觸感。

烙印在布萊迪威士忌酒標上優美的字體，一字一句都表述著布萊迪蒸餾廠的立場。這些貼近威士忌的「文字」，讓人便於確認、分析、辨識、進入先行者的品飲經驗。

Bruichladdich
Port Charlotte
Scottish Barley
Islay Barley
Unpeated
Heavily Peated
Rockside Farm 2007
2008 Islay Barley 6 Farms, 6 Terroirs
Coull、Kynagarry、Island、Rockside、Starchmill、Sunderland
Distilled, Matured and Bottled, Un-Chill Filtered and Colouring-Free, at Bruichladdich Distillery.

這些登上酒瓶與外裝鐵盒上的文字，充滿了可感的設計。
設計本身會有一種溫度，威士忌一直也是有感溫度的設計。

布萊迪酒標文字所投射出來的訊息，當然不是唯一。在艾雷島上，二〇〇五年才成立運作的「農場酒廠」：齊侯門（Kilchoman）蒸餾廠。在使用酒標文字上，也充滿「感覺標示」。

比如，最典型的一個詞彙：「100% Islay」。百分百的艾雷島。

這個詞彙內藏著可能的辨識機制：使用在艾雷島上種植的大麥。使用島上的泉水發麥芽。挖掘艾雷島的泥煤田，進行烘乾煙燻。以艾雷島的地下泉水糖化與發酵。勾兌酒精濃度的泉水，也是來自同一座島嶼。釀造出的新酒入桶熟成，也是將橡木桶儲放在艾雷島上的酒窖倉庫，靜靜的與時間比肩前進，在橡木桶的呼吸之間，遭遇時時刻刻都存在的島嶼海風……這一切，以「100% Islay」烙印在酒標上，成為一種辨識的文字。從這個文字，轉身，便會看見每一個環節上，都有某位威士忌工匠，以雙手執行著被賦予的工作。

在那個同樣只是一座島嶼的艾雷島，單一的取材、專注生成的熱情、簡約的日常工作行為、上一代的經驗落實、以手感觸摸共鳴、直覺的信念……這些在電腦時代之前，人類賴以存活的基礎性格，是被重視的。酒瓶上的酒標文字，除了標示釀酒的初衷，也說明了威士忌透過在地工匠的手，傳遞出釀造職人的溫度。

是以「人感」對抗機械化、快速化、集中化而產生的「冷感」。

這種以手感傳遞的經驗，也反映在我對酒標上手寫文字的單戀。

有時是蒸餾年份，有時是熟成年齡，有時是蒸餾師的簽名，有時是單桶原裝的桶號，或者限量版的阿拉伯數字編號……這些以手寫上酒標的文字，彷彿也替寫字的人，說明文字與時間之間的糾纏吧。大膽地說，唯有人感的文字敍事，才足以形塑記憶。而形成記憶的過程，多半是在人們不確知的神秘時刻，以一種遺留的態度，被組裝成型。

我依舊記得，那一年前往起瓦士兄弟（Chivas Brothers）威士忌蒸餾廠。下榻飯店是維多莉亞時期留下來的古堡。在可能飄雪的清晨，我遇見了負責整理與維持古堡莊園的園丁，老彼得先生。我與他一起抽著煙斗，在老彼得細心呵護的花果園內，以我能理解的簡單英語，溝通著關於身為蘇格蘭人的生活。實際談話內容，我大半都淡忘了。但是到今天，我依舊記得那張滿是皺紋的臉，也還能感受到另一個生活在他方的活者日常。

早在機械大量取代人工之前，威士忌原本就是由大量經驗者以手釀造出來的飲品。飲者才得以在自身的日常裡，獲得另一種日常轉化而成的生活。這種轉化，同樣也發生在虛構小說、詩歌與非虛構的紀實文字之中。活者以一雙手摩擦出經驗，以一支鵝毛筆寫下紀錄。我想像，這或許就是艾雷島造就了布萊迪單一麥芽威士忌的初心吧。

在波夏艾雷大麥單一麥芽威士忌問世之後，
布萊迪蘇格蘭大麥
布萊迪艾雷大麥
波夏蘇格蘭大麥
波夏艾雷大麥

| 烈酒保險箱 Spirit Safe | 布萊迪 Bruichladdich|

再進一步理解 Spirit　Safe 的時候，我接觸到了幾個充滿疑惑的詞彙「前射擊、快照、靈魂、假裝」——這幾個透過翻譯之後意境迷濛與意思幽微的語境，讓這個箱子，突然翻越過了課稅的歷史、低度酒觀察、切取酒心比例與酒頭酒尾回流的秘密……這些讓白狗奔騰的箱子，不再只是製造女人的保險箱了。

這四款布萊迪蒸餾廠核心基本酒款的拼圖，才真正形成。四者平行與交叉比對，是思考「海風鹽味」和「泥煤煙燻」影響艾雷島威士忌的指標，也是辨識「蘇格蘭大麥」與「艾雷大麥」風味差異的基礎。

橡木的紋路縫隙裡，隱隱圖示著布萊迪酒廠的這四支單一麥芽威士忌：

| | | |
|---|---|---|
| 布萊迪 | 海風鹽味 | 蘇格蘭大麥 |
| 波夏 | 泥煤煙燻 | 艾雷大麥 |

這六個詞彙之間，有幾條看不見的實線，一旦連線，便交織出釀造的比對組，以「大麥產地」與「是否泥煤煙燻」交錯威士忌語境的實驗。

布萊迪「蘇格蘭大麥」有明朗的波本桶特質。在略帶刺鼻的酒精氣味中，香草、可可亞、奶油、鹽與岩，像是逗貓棒持續刺激著鼻腔。一入口，酒體先興起微微的鹹甜感，隨後50% vol酒精強度會辣開舌床。在味蕾甦醒的過程，麥穀果實咬碎的澱粉甜味縈繞，原本巧克力的甘甜，漸漸會平復成更有層次的微微焦鹹。來回幾次舔舐，那終感像是微微燒焦凝結的鹹甜爆米花——因為微波過強，將奶油一併熱融在紙袋的內部，等待飲者剝下她來品嚐。

布萊迪「艾雷大麥」，一樣也有自然取色的乾淨麥梗金黃色。與蘇格蘭大麥版本的顏色差異微小，肉眼剛好還能查覺。但一聞香，很清楚就能理解，兩個她，是個性迥異的同卵雙生。就像我們永遠清楚，肉眼幾乎無法分辨的雙胞胎女孩，只有在談戀愛的過程，能夠發現她們是完全獨立的個體。飲者都會同意，我們以為親吻的是同一瓣唇，但一深入，立即會發現，那是兩片訴説著完全不同語言的舌頭，纏繞著雙生但分岔的蛇信。

靠近艾雷大麥版的最初瞬間，她那種「渾身正在燃燒香草的淡淡燻味」的嗅幻覺，讓我不時想到一根艾雷島大麥，忍耐著強勁海風的搖曳模樣。

她不停擺動纖細的身桿，以抵抗一陣陣的風。強勁海風吹動她的同時，也吹動數以千萬計的她們，一同表演著婀娜多姿。只不過，為了登上艾雷島的麥田舞台，她們必須比其他栽種區的大麥，吞下更多海風的蒼白與憂傷，比她們更懂藏笑也藏淚的性子，以更深入土壤的根部，吸取更多自身的骨肉，才能豢養頂在上頭的麥穗孩子。

她表現出來的風味，內含更為複雜的香草籽、成熟可可、奶油焦、多種綜合鹽味與岩石味——我所描述「更為複雜的」，不單單只是「堆放更多的」香草籽，「敲碎的」可可果核，「反覆熬煮之後的」奶油，與「融入更多辛料的」鹽味，與「多種藻類覆蓋的」廣大岩床氣味。

她可以大於敍事想像，可以運用上一層細節解讀下一層細節。關於她的細節，我延展聯想到的，還是女人。我曾經輕輕熟成一個連貫型的故事，是關於『那些與K外遇的女人們』。這個女人們——可以從想像的妻子出發——其實與威士忌　樣，都是調和的，都是更為複雜的單一，如同單一麥芽威士忌總是單一酒廠內的其他複數集合體。調和年份的複數、不同風味桶的複數、數個酒窖內同一年份的複數。

如果有機會以此構成一部長篇小說，那可能會逼近作為人的共通點：性的慾望。性的慾望，能否可以成為某一支單一麥芽威士忌的品飲形容詞？

我深信，語境的絕對自由。

於是魯莽把「艾雷大麥複雜」這個形容詞，單獨定為：一個完整描述的品飲詞彙。

布萊迪艾雷大麥不應該被視為布萊迪蘇格蘭大麥的「複雜版」，而是單一的100%艾雷大麥才有的獨特風味。特別是入口之後，帶有些微綜合果核的神秘，立即在口中生成「個性複雜的女人」那種魅惑的甜美。接著充分讓酒汁柔潤口腔，某種強悍的脾氣會將所有香氣回流到鼻腔，以一階一階的登梯方式，讓原本接觸的「更為複雜的」風味，爬上強烈與濃郁的高處。

我同樣透過布萊迪無泥煤（Unpeated）的兩地大麥威士忌，確認了大麥產地造成的風味差異。但不知為何，她們牽動我的卻是在：威士忌是否擁有「海風鹽味」的辯論。

這個已經久遠了的爭議，在威士忌的領域裡，也曾經引起筆戰。有論者以高原騎士單一麥芽威士忌為例，舉出傳統手工地板發麥期間、橡木桶長年靜置期間，島嶼的海風造就了威士忌的「海風鹽味」。關於這樣的論述，我可以是一位信仰者。來自海洋的餽贈，不論是風中的鹽，海岸邊上的藻類，必然是縈繞艾雷島威士忌的宿命之一。

一如我無法忽略，位於蘇格蘭高地區東北角的「海港蒸餾廠」：富特尼（Old

持續進行區域個性的交錯比對與嘗試性實驗……這會不會是一場小規模的比較文學論述過程，透過一塊黑板上的所有排列，逐漸逼近事物的核心？

Pulteney）。在熟成過程中，陳放於鄰港倉庫的威士忌，在充滿鹹味的海風空氣裡，十二年、十五年、十七年……「鹽味」必然會逐年偷渡進入木桶纖維的呼吸之間吧。

遙遠以前的某日，我記得第一次與妻子一同嘗試富特尼十二年單一麥芽威士忌。我與妻子無比驚豔於她濃郁的帶有鹽味的柑橘蜜糖香氣。那次品飲，已經成為某種觸及愛的記憶。但我被另一陣風吹遠，漸漸淡忘那其中的風味。我也不再肯定，妻子是否還記得那單一次的記憶。當這個念頭如黴菌般繁殖，我瞬間理解了：當推論妻子是否擁有記憶的瞬間，她便在虛構的故事中，成為一位永遠的缺席者。在角色缺席之後，她永遠不再是她——「缺席」作為「裝瓶」的同義詞，她不再是單桶的她，而是集合體的單一的她。就像那些可能發生的故事，在遙遠過去曾經與K做愛的女人們，在夢的土地，只有線條模糊的身體與五官輪廓。在醒來的瞬間，全都遺失。即便如此，她，與她們，和威士忌一樣，都成為了濃郁酒體的想像分子。

為了喚醒脆弱記憶，我再一次透過喝，看見了那些以糖水煎煮過的柑橘片，以及黏在她身上的粗糖粉，結晶而立體，引人對她癡癡微笑。我曾經以舌尖味蕾，舔舐過她的皮膚，並且發現了她們。

在如此厚重的甜蜜中，如何發現輕盈海風帶來的鹽？

我是將酒液含在口中，等待十秒。鹹味是這樣慢慢出現的。就像許多高級的甜品，最後最後，都會經歷某種程度的鹹味的終感。這時的鹹，也意寓著類似秀異小說結尾留白之後、為讀者帶來充滿流動與乾淨的視覺感——我一直覺得，這種乾淨的流動，是小說得以越過時間的表現狀態。

這一種鹽味，同時也帶有溝通的穿透力。

海風得以流動鹽味。也彷彿是一塊敲醒味覺的磚。

時間，靈動有如魔術師的雙手，以香氣包裹舌床上細緻如風的鹽。

一陣陣吹動大麥的海風，構成了艾雷島單一麥芽威士忌想像上的隱喻。布萊迪的海風因子，是由島生島長的「艾雷島大麥」與「在艾雷海風裡熟成」這兩者交織出來的風土元素。透過100%艾雷大麥與100%蘇格蘭大麥的對比，「海風鹽味」這個具有辨識風味價值的符碼，饒富了文字運用的意義。

躲藏在櫥櫃裡的她們，細語著並且通知我：再來該是布萊迪蒸餾廠的泥煤款，波夏（Port Charlotte）單一麥芽威士忌。

再次拿出波夏時，瓶身與軟木塞上，都生出了不同顏色的黴菌。彷彿時間是有顏色的足跡。很微妙地，白色外裝鐵盒的「蘇格蘭大麥」版，長出了白色的黴菌；鐵灰色鐵盒的「艾雷大麥」版，則在瓶蓋上附生著滿滿的鐵灰色的黴菌。從瓶蓋縫隙被天使引誘出來的她們，分別招來了不同的菌種，與她們性愛，繁殖出更多的菌類。與她們性愛——這句話，讓我感覺到遺失許久的衝動。我將酒液含在口中，深刻感覺到泥煤是我與她們交媾之後，共同抵達高潮的興奮劑。

泥煤，多少異質的美麗，假她之名以行。波夏是，近年推動的泥煤巨獸奧特摩更是吧。這兩者，與布萊迪，三款單一麥芽威士忌，都是使用布萊迪酒廠內同樣兩組蒸餾器，進行二次蒸餾所誕生的美好。

在深入「蘇格蘭大麥」、「艾雷大麥」這兩款原物料的風土語境的可能性之前，必須先觸及與理解：產地大麥之於布萊迪蒸餾廠是具有風土變動基因的先行堅持。然而，布萊迪蒸餾廠自身的發麥室，自從一九六〇年代拆除之後，就沒有在廠內進行過傳統地板發麥。近期，似乎有規劃要重新蓋建發麥室。在那之前，還是需要將大麥送到發麥廠處理。

艾雷島上的發麥廠，只有隸屬帝亞吉歐（Diageo）集團的波特艾倫發麥廠（Port Ellen Maltings）。它是一座大型發麥廠，不容易處理布萊迪「小批次，區分農場、年份、產區」的高實驗性發麥訂單。

布萊迪蒸餾廠的大麥，就有限所知是送到因佛尼斯（Inverness）的 Bairds Malt 發麥廠。因佛尼斯是蘇格蘭高地區唯一有都會樣貌的城市，人口僅有四萬多人，經常被描述為「英國最北的城市」。Bairds Malt 發麥廠以機器處理大麥浸泡與發麥芽的工序。它的一號廠房，也有製作泥煤煙燻大麥（Peated Malt）的設備，提供波夏單一麥芽威士忌需要的 40ppm 的重泥煤麥芽。當然，也包含了奧特摩單一麥芽威士忌動輒超過 100ppm 以上的極重泥煤煙燻的大麥麥芽。

關於奧特摩的泥煤煙燻實驗，是另一個威士忌領域的探索。也是「極重泥煤度」這一個詞彙的威士忌語境的無限延展。文字的延展究竟可以抵達多麼遙遠之外的彼岸？我想到了普魯斯特的《追憶似水年華》。想像一個孤獨者的意識之流，行走成文字，一部、兩部、三部……直到七部的鉅著，累積成一組巨大且龐雜的單一。

漂浮的我，能跟上那樣的意識流動？我能在上千個的故事角色中，發現自己某些個

| 泥煤塊 | 高原騎士 Highland Park |

不同深度的泥煤，依形成的時間從八千年到一萬六千年不等，由上到下分成三層泥煤—Fog、Yarphie、Moss。當它們運用於煙燻烘乾麥芽時，也會產生相當的差異。這些基於酚含量的差異實驗，也都是一種美麗的追求。不同地區的泥煤田，比如艾雷島的泥煤與奧克尼島上的泥煤，也會在煙燻烘乾的過程，賦予不同島嶼的風味吧。我相信，島嶼的土地，是具有風味的，而且這些風味值得捧著，形成記憶。如此一來，追求泥煤度與不同橡木桶之間的熟成平衡，也是一種風味的哲學探索。

性上的瑕疵與偏執？我能觸摸到一個寫者經歷了十二年接連不斷裂的意念，是何種時間進行才能完成的造物？

人的意識的極重文字度，是一條如果不夠瘋狂任性便無法擺渡越過的神秘河流。

這類極重泥煤度的單一麥芽威士忌，已經不再是傳統的「泥煤煙燻」，也遠遠超過了傳統PPM（Parts Per Million）的泥煤值標準。傳統上標示威士忌泥煤度，是以酚類化合物（Phenol）含量百萬分之一作為計算單位的泥煤值——低度泥煤：1~10ppm。中度泥煤：15~30ppm。重度泥煤：30ppm以上——我必須把奧特摩單一麥芽威士忌歸類在「泥煤的另類他者」。以這樣的視角，我才能試著更深根與其他另類泥煤威士忌進行論述。

先談到真正的原點，人。

具有「布萊迪人符號」的首席調酒師吉姆．麥克文（Jim McEwan），與格蘭傑酒廠暨威士忌釀製團隊總製酒師「橡木桶博士」比爾．梁斯敦（Dr. Bill Lumsden），這兩位當代威士忌的釀酒大師，分別對於奧特摩（06.1、06.3）與雅柏（Supernova）這兩款單一麥芽威士忌的「極重泥煤」，是像「泥煤之心」一樣存在的製酒人。在過去這十多年來的雜誌工作，我分別在台北與北京，見過比爾梁斯敦先生幾面，輕輕觸及橡木桶管理與風味過桶的問題；但卻一直錯過吉姆麥克文先生，沒能當面請教有關艾雷島大麥農場的風土與布萊迪人意志。如此輕觸溝通的經驗感覺，同時也出現在奧罕．帕慕克與大江健三郎這兩位諾獎小說家身上。人與人之間面對面的語言溝通，在威士忌的酒體熟成與小說的虛構幻化之後，都會在時間的湖底，安靜成底泥。

我猜想，或許吧，再漫長熟成一百年後，對於未來想要理解「泥煤的另類他者」的威士忌飲者，時間會自然將他們兩位陳年成為楚門．卡波提吧。奧特摩與雅柏，也許都會成為像是《冷血》那樣的犯罪紀實文學作品的先驅，在創作者極度追求細節之中的細節，完全不輕忽一片泥煤或一粒麥芽，將最微小的針點賦予價值，而讓每一口品嚐，都抵達宛如小說才能虛構出來的真實世界，並且成為下一個世紀泥煤威士忌的座標。

接著，我白了鬢髮，像是一個提前老了的宿命論者，妥善藏好了「布萊迪」與「奧特摩」這兩個威士忌詞彙。Bruichladdich，源自蓋爾古語。她的詞意是「岩石海岸」——這個詞彙，之於台灣島嶼東岸，有一種為他者朗讀般的連結感。彷彿只要唸出 Bruichladdich 的同時，心中便可以生成花東海岸的潮汐與岩岸。在靠海的那一邊，也有相同鹽味的浪花；在背山的這一端，無數堅硬的岩石，以縮時攝影的速度，繁殖出無數具有碘 DNA 的岩藻。而奧特摩則是取名自布萊迪蒸餾廠南邊的奧特摩農場（Octomore Farm）。在鄰近波夏港村落的奧特摩農場，在約莫一百七十年前，就存有一座小型釀酒廠 Octomore Old Distillery。現在，已然廢棄。在奧特摩農場主人 James Brown 與布萊迪蒸餾廠的吉姆麥克文展開合作，決定重新在農場種植 Oxbridge 大麥，用於製造奧特摩單一麥芽威士忌。除此之外，用來勾兌原桶酒體、降低酒精強度的泉水：奧特摩泉水（Octomore Spring），也是從農場流出地表，由 James Brown 運送到布萊迪蒸餾廠。

在祂告知之前，我未曾想像，有一種鹽味，是從風的眼睛哭出來的。

如此 100% 使用艾雷島裁種的大麥與泉水來釀製的艾雷島威士忌，自從 Octomore Old Distillery 關廠之後，直到奧特摩 06.3 版單一麥芽威士忌本問世，秒針分針走渡，一間隔就是一百七十年。走過的這些歲月，都是在對釀造記憶與技藝的臨摹與探索，如此未知境界，究竟考驗著活者什麼？一位農夫與一位威士忌釀酒師，站在海風吹動的大麥田裡，共同等待的是什麼？在我看來，等待的，唯有讀者，也只有懂得另類泥煤的飲者。

如此另類，最初就是始於篩選的吧。

極重，是在秒針的速度下，才能踩出足跡。

我問過自己另一個問題：大於泥煤度 100ppm 之後的世界，會建構出何種時間感？在機械時代，奧特摩單一麥芽威士忌的世界，可否以大小不同的齒輪，彼此卡榫，然後開始一格一格轉動，磨碎一粒一粒的艾雷島大麥，經過每一道技藝，蒸餾出一滴一滴的新酒，最後在海灣邊的酒窖裡，熟成出越過百年的愛與記憶。然後透過：

1. 版：蘇格蘭大麥。五年陳年。

2. 版：以波本桶搭配波爾多 Petrus 紅酒桶、Yquem 貴腐酒桶、北隆河 Syrah 紅酒桶，以及 Cognac 干邑酒桶。

3. 版：百分百使用奧特摩農場大麥與泉水。

4. 版：使用全新的橡木桶（處女桶：Virgin Oak）熟成。

這些不同版本的嘗試，都躲藏在不同的數字裡，等待著極重泥煤的戀人，解碼其中隱藏的飽滿愛情。如果不是真實的愛與謊言，我質疑自己為何如此眷戀與依存著威士忌。

唯有愛了吧，可以真實。謊言也是，等同睜開眼之後的世界。等量的愛與謊言，讓我在布萊迪與波夏的平行世界裡，真心讓自己喝醉過。回到接觸布萊迪蒸餾廠的前期，我像是在審視一個平行世界，喝著波夏蘇格蘭大麥與波夏艾雷大麥。

我依稀記得，一次與兒子的對話，也是關於平行線。

那天初夜，兒子身體裡的秒針，走得特別慢。

他拿著三角板，跟我討論數學習作上的圖形：有哪些是平行線?兒子的理解，就是兩條線之間的直線，能夠分別找兩個九十度的直角，那這兩條線，就是平行線。我覺得他懂了，所以才追問：「所以兩條平行線，就是兩條什麼呢？」一開始，他不懂我的追問，所以我再給出過多的提示：「就是兩條不會交叉的……」他很快就說出：「兩條不會交叉的線……就是這兩條線，不會碰在一起。」我覺得，他理解了，於是又再次追問：「如果我把兩條平行線，比喻成兩個人，你會有什麼想法？」兒子又落入一臉疑惑，看著我。在察覺他的體內秒針準備開始躁動奔跑之前，我才又告知了多餘的提示：「舉例說，假如你跟我是平行線，那就是指我們兩個不會碰在一起……」

接下來，兒子異常沈默的看著我。他的凝視，冷凝了大量我無法體會的疑惑。那一刻，我無法猜測他在想什麼。我只感覺到，兒子的眼神，像是在質疑我的靈魂是否忠誠。

日常也是對逝者反覆質疑的練習。我可否這樣描述：父與子，可能是兩條完全重疊的平行線。只是我們一開始去愛，就會瞬間忘記，父親曾經是兒子，兒子也會熟成父親。

我向自己提出疑問：波夏作為布萊迪的泥煤款，只是單純想要完成有無泥煤的嘗試？這樣的嘗試，在默爾島上的托本莫瑞單一麥芽威士忌與里爵單一麥芽威士忌，也完成了相同的分野。那麼布萊迪蒸餾廠的目的為何？已經退休的首席釀酒師吉姆．麥克文應該不會只滿足於「完成區分」。

擴張解釋被放大的同時，我推想，是與「大麥初心」有關吧。

我反芻自己文學寫作與面對小說的初心，也幻想著：這兩種初心，是兩隻全黑的黑貓。這類的初心，都會因為「減法與限制」，反向輻射出更多探討與辨識方法。如果描述大麥是蘇格蘭單一麥芽威士忌的核心原物料，那麼在布萊迪單一麥芽威士忌的比對之後，波夏單一麥芽威士忌的產地大麥，就具備了重要的探索價值。

相同的假設，每一個字，也是小說的原物料。每一個字就是小說的 粒大麥——文字不只是核心，而是小說唯一的、有形的原物料。小說是一個字一個字推砌而成的金字塔。從選擇大麥品種，到浸泡泉水發芽，單純烘乾或泥煤煙燻，輾碎成粉粒，再以三道63度、93度、93度的熱水發泡轉化出糖分，然後加入各種可能造就不同風味基調的酵母，發酵成低度酒精的酒醪（Wash）。

一直到這個階段的釀製過程，大麥的功能，就是小說裡的每一個字，以單一者的姿態，如呼吸般被拆解組合、過濾篩選、短暫靜置，只為了遭遇某一位讀者而等待。

｜注入熱水中的糖化槽｜布萊迪 Bruichladdich｜

一切都開始動了……攪動的不是碾碎的麥芽，不是接近熱情的泉水，在那彼此轉動的齒輪後面，關於時間的一切，都開始走動起來了。

這些屬於大麥、酵母、水的階段，每一個蒸餾廠都在不停地「持續重覆」。重覆是否會造成停滯，轉為疲乏？還是堅持成為某種不可變動的基調風格？這一來一往的思考，在小說的世界，是一條粗繩的兩端拔河。而且與薛西佛斯一樣，永遠無法停止。

從這點來看，無比年輕的齊侯門蒸餾廠，也就充滿了美麗的變動因子。

之後的蒸餾與陳年熟成，對比小說，我認為是更為複雜的討論：小說技藝完成風格之後，如何遭遇漫漫時間的銷蝕。只不過，這樣的類比，會是一場引人竊笑的詭辯。

關於波夏，關於大麥初心，除了典型的島嶼泥煤煙燻味與波本桶為酒體釋放出來的香草花香、太妃奶油、熟烤水果以及緊緊握拳的單寧……這些在威士忌飲者之間無須多說的美好之外，我進一步去比較：大麥是否成立風土的變化因素？也以此對應：文字語調必然塑造小說的風貌。

當我們討論「威士忌風土（Terroir）」，在揪心的細節與酒廠行銷的市場目的之間，飲者與寫者，應該是信徒，還是反抗者？這個問題相對單純：我只能先是反抗者，才有機會成為一位真象的信徒。真象總是殘酷，逼著反抗者不願意盲從。我也總會相信，土地是一種原生的細胞，經由文字與酒體、小說與威士忌，繁殖成為活著的人願意相信的軀體。

確認了先行概念，我持續追問，在經過發麥、烘乾、碾碎、糖化、發酵、兩次蒸餾、多年以上的橡木桶裝桶熟成之後，堅持「100% 艾雷大麥」與「100% 蘇格蘭大

| 發酵槽 | 米爾頓道夫 Miltonduff |

在不鏽鋼的洞穴裡，躲藏著發酵中的怪物。

麥」，是否還能在「威士忌風土」的湖面，成為輕盈的水蠅？

我想像，這會不會是同一個女人，但是在「女友」與「妻子」身份上，進行的異質比對？透過實際品飲比對波夏蘇格蘭大麥與波夏艾雷大麥，這兩款單一麥芽威士忌的微小差異，值得被無限放大：

波夏蘇格蘭大麥，是笑開的女孩。她的笑容，讓你一開始就發現她的引力，以及重度泥煤煙燻她一身的美麗洋裝。男人喜愛的女孩元素，她都擁有。此時此刻，也願意與你對話，回應你所有的鼻尖與舌床的渴望。

波夏艾雷大麥，其實也是同一位女孩。在傍晚夕陽搖動天空的那幾秒，你可能錯判她會不會是同卵雙生的另一個女孩。但你很快就會發現，她是同一個人，而且已經成為你的時間伴侶。只是不知為何，正在生你的悶氣。她有一種隱藏起來的苦澀與淡淡的憤怒。接著，你會發現她依舊穿著那套濃烈煙燻味的晚宴洋裝，也觸摸了那服裝底下包裹著的性感裸體。剛開始，她不讓你容易親近，一旦你靠近搭訕，她變得有些難以捕捉。你得花去一個晚間，才有機會在凌晨前一秒，多次擁抱她，進入她，共同擁有只有音樂、無須對話的一夜華爾滋。

所有的女孩，與長大之後的女人，都是某種想像的集合體，都是只有差異的無瑕疵品。

接下來，我應該會更緩慢、更大量喝著，散落在蘇格蘭本島外海的島嶼區威士忌吧。我其實沒特別想，為什麼在同一座島嶼，沉醉於卡爾里拉、布納哈本，還有波摩單一麥芽威士忌的這些夜裡，會有反向溺愛的感覺。

從島探看島，我又該如何展開台灣這座島嶼上的威士忌語境？這些文字衝動，是跟著酒精散溢出來的。每天夜裡，我都喝一些，不是為了清晨的筆記，多半只是想讓這段書寫威士忌的日子，擁有一種語境，並持續被她們包圍、擁抱、浸潤。有時候，我會因此獲得感足，但也不乏因為酒精，掉落到更深的洞穴。

一個透過文字表述的人，躲藏在冬日的洞穴裡，卻不是為了冬眠——這該是小說寫者的常態經驗。不知為何，每次看見那些黑白的、彩色的小說家群像，我就會想到，持續躲在冬眠洞穴裡的那一對對眼睛，在黑暗裡看在外頭的光明感，會是什麼樣的形狀。

那光的位置，應該是彼岸的世界吧。所以寫者才能躲身於洞穴，仿若擁抱了安全，然後無聲對自己說：一切都會沒事的。

# 凝視，<br>威士忌哲學家！

威士忌的一切，都始於人與人的關係。在這片長滿高緯度植被與大麥田羅列的島嶼，這該是關於情感的敘事。再向麥田深處多走一步，我透過文字，只能試著在想像之外解讀，他們，都剛好眺望同一個遠方，心底想的都是從島嶼出發的單一麥芽威士忌。一個人種植，從掌心滴落鮮血餵養一粒粒的孩子；另一個人蒸餾與熟成，把自己綁在銅製的蒸餾器上、綁在酒窖的橡木桶上、綁在裝瓶廠的履帶上，安撫每一滴孩子。儘管他們是兩個人，但眞實看見的都是同一句敘事：我是艾雷島人。

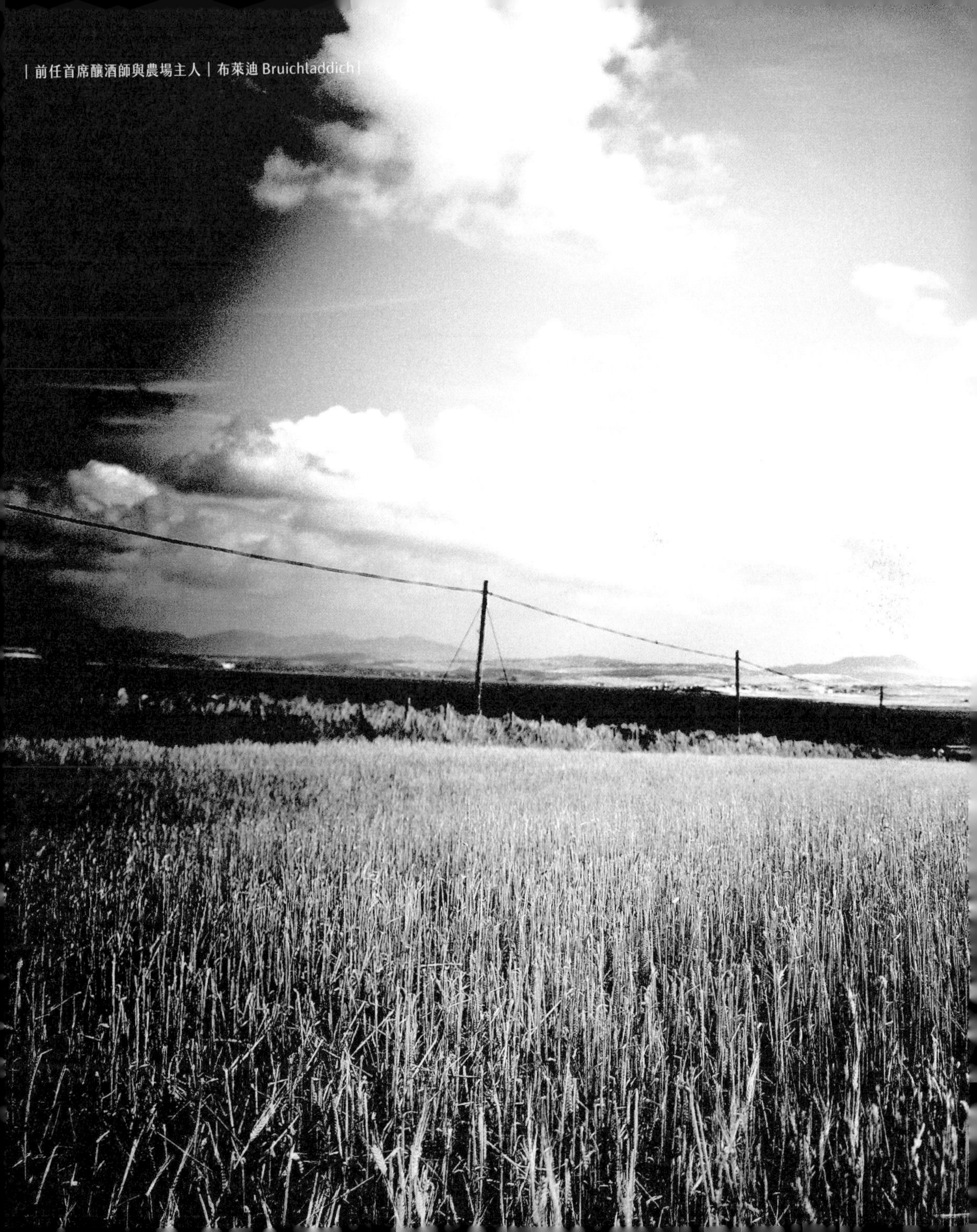

薛西佛斯正在前往時間的路上。祂手中握著長型的鏟，一塊一塊切開那些死去千萬年的靈魂。最上層的柔軟呢喃，愈是往下挖掘，愈能喚醒沉睡過久的生命。逝去的她們願意投身炙熱的火焰，烘乾無數孩子的軀體，並且在孩子身上留下泥煤煙燻的記憶，讓未來靠近的人，在舌尖回想起那些沉睡在地底的時光夢境。

*每一粒麥芽的宮殿裡，都住了一個夢。這個夢，在地板上翻轉，在陽光、露水與海風的安撫下發芽——這已然是快要消失的境地。但這一座座的宮殿，依舊由武士捍衛保護。這些武士逐漸老邁，但是在被授與的寶劍上，那時時緊握而生成的顏色，囈語說著，他們忠誠也無悔。*

火，是最質樸的主神，日復一日貢獻出每一塊自己。所有的燃燒，都是爲了冶煉威士忌的原點。

| 泥煤窯燒工人 | 高原騎士 Highland Park |

| 粗磨大麥芽人 | 格蘭花格 Glenfarclas |

磨碎是爲了某種神秘的篩選儀式。篩選落下的，宛如是引誘味蕾與嗅覺的斥侯，讓人提前聞到那些被火乾燥的體香，提前咀嚼到還沒有糖化與發酵的澱粉甜蜜。所有的美好，都在碾碎之後，鑽過那些細細的網孔，掉落到人間的天堂，持續等待著被愛。

｜沒有工匠的糖化槽｜格蘭花格 Glenfarclas｜

我們曾經失去一位哲學家……
不過他在池子裡，留下了一切。

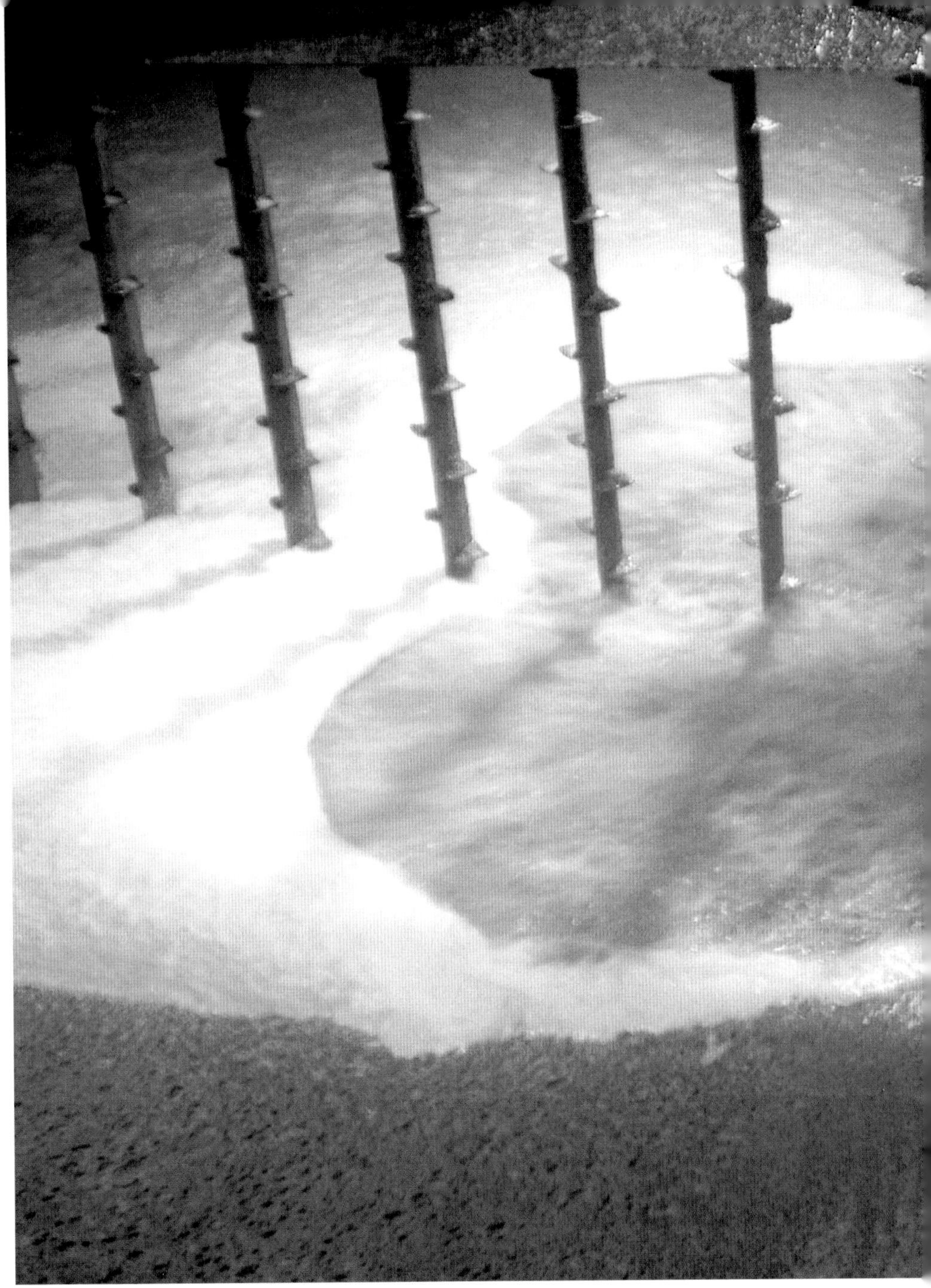

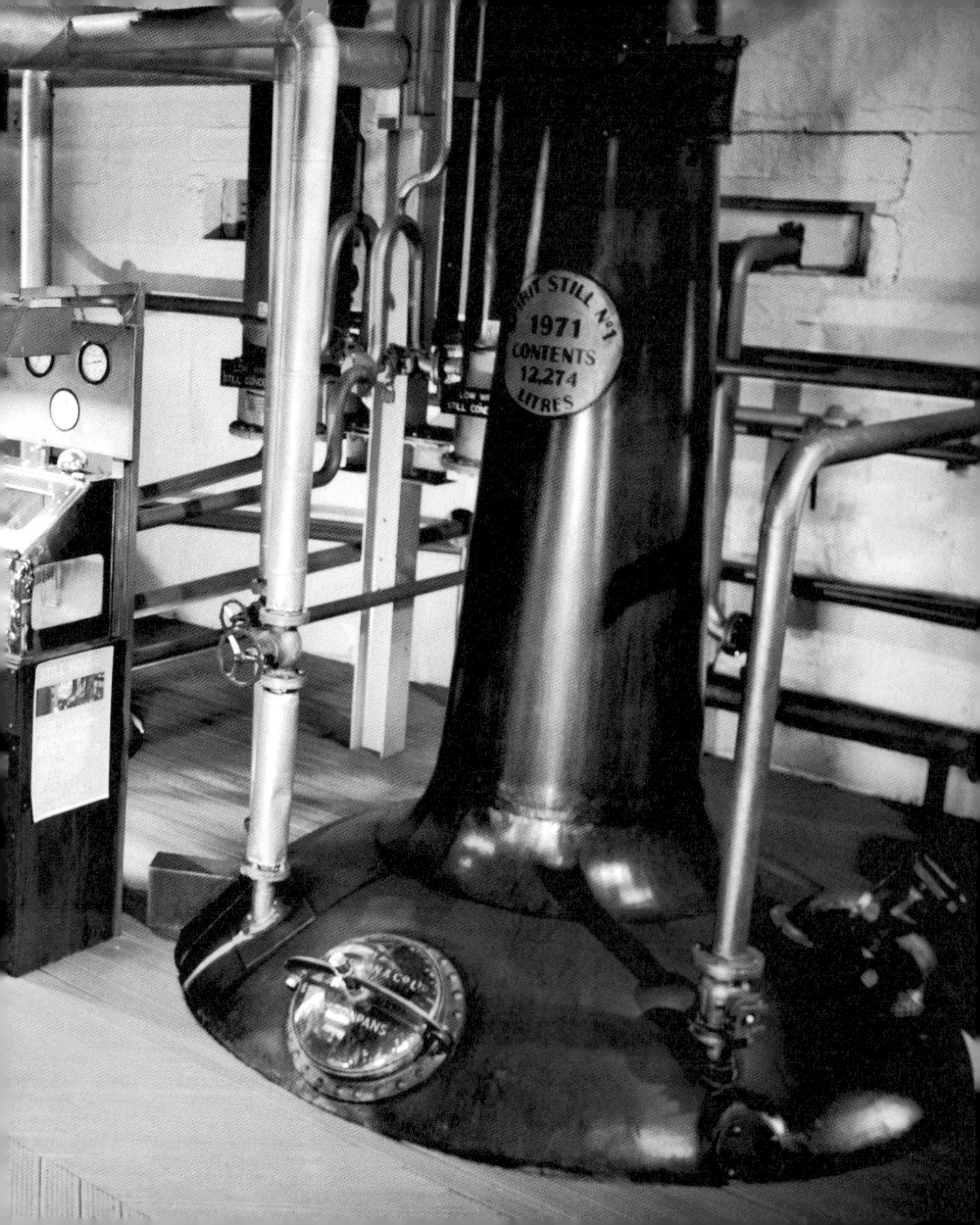
STILL N°1
1971
CONTENTS
12,274
LITRES

經歷調情與發酵之後，進入蒸餾，製程的結構變成一條液體流動的路徑圖。流動原本如此自由，但因爲每一個小說家廠內的蒸餾器，製材不盡相同，壺式形狀有異，拉長頸部想要眺望的遠方各異，回流比例不同，管線配置不同，蟲桶冷凝的漩渦不同，使用減法加法的酒心不同……因爲這種種不同，才能造就出無數的小說。我想，是吧，最終能夠被時間留下的寓言，都經歷過不同的取捨。

｜蒸餾器運轉工匠｜泰斯卡 Talisker｜

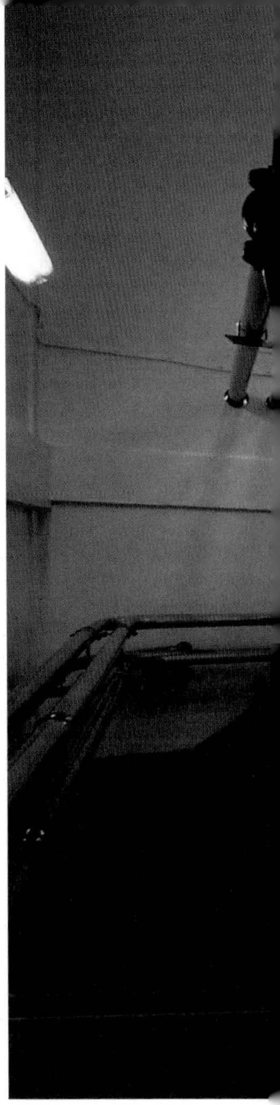

在一號低度酒的蒸餾器旁，悄悄出現了
一位智者，他緩緩轉開了齒輪，放走了
一些被困住的天使。

WS1
WS2

看啊，當人們懂得凝視，才能
看見躲在黃銅與玻璃的烈酒保
險箱裡的，不是別人。

| 威士忌填裝工匠 | 格蘭花格 Glenfarclas |

我其實已經忘了，空了的身體，是需要被填滿的……如果酒精，可以等於愛。

Glenfarclas
A
3753
2 2001
J.&G. GRANT
GLENFARCLAS
BALLINDALLOCH

| 裝桶工匠，封存橡木桶 | 汀士頓 Deanston |

鐵鎚落下的瞬間，敲響了時間，
引誘所有的天使開始等待。

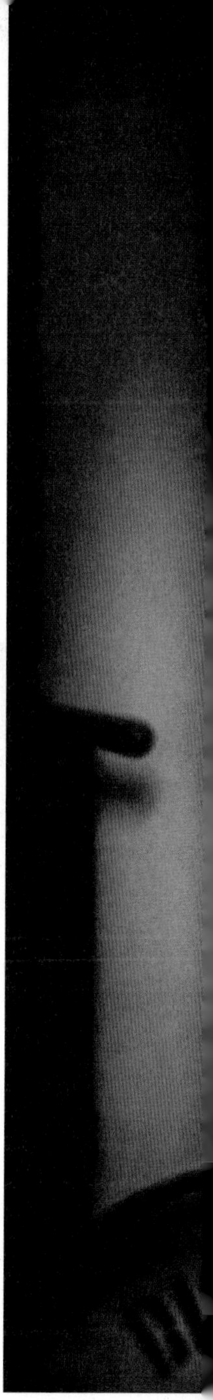

| 酒窖工匠，正在橡木桶上壓印蒸餾廠之名 | 格蘭卡登 Glencadam |

一隻鳥、一片葉子、一條泉水、一座蒸餾廠、一粒穀物、一座島嶼，以及島嶼上的一個人，都會有一個名字。那段指著未知物並賦予名的時代，已經遠去；那些還沒有被命名的事物，愈來愈少。祂得以諭示，萬物都有名，只是一種期待被需要的錯覺。

哲學家們，滾動橡木桶，滾動她。

| 酒窖工匠 | 高原騎士 Highland Park |

| 酒窖工匠 | 布納哈本 Bunnahabhain|

哲學家們，翻轉天使的翅膀。

PETRUS
PETRUS
PETRUS
PETRUS
PETRUS

| 酒窖工匠 | 布萊迪 Bruichladdich |

哲學家們，排列與層疊祂的時間。

BRUICHLADDICH

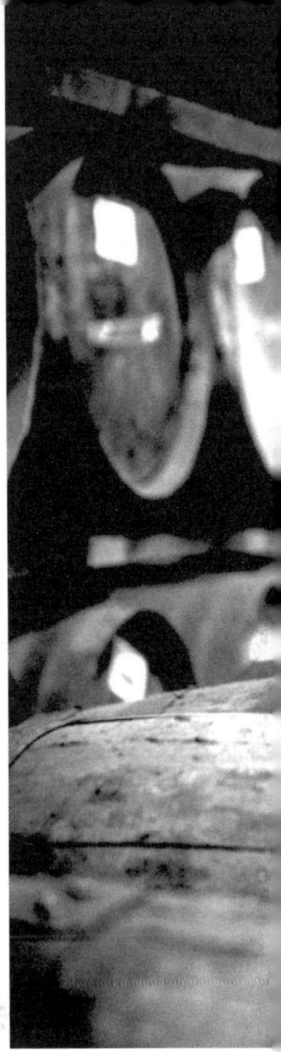

｜首席釀酒師，擷取原酒檢視熟成｜布萊迪 Bruichladdich｜

我深深覺得，不管以何種理論切割威士忌的釀製過程，首席釀酒師的角色便是小說家。他決定了威士忌最後的樣貌，面對橡木桶的外部世界。他所調度的個人感官經驗，以及對於每一桶酒體熟成度的判斷，加以調合，進而變造，最後讓每一瓶單一麥芽威士忌，成爲一部指涉眞實也等於眞實的虛構小說。

｜裝瓶廠工人｜布萊迪 Bruichladdich｜

鮮少人理解，我爲何如此深愛那些未能填寫的空瓶，因爲還待在生產線上的我們，都還沒能夠眞正老去，擁有一雙已經老了的手。

| 牛產營運總監 | 布萊迪 Bruichladdich |

一部小說面對世界，透過傳統的途徑是：出版。出版人對於閱讀市場、消費讀者的敏感度，是屬於他的創作能力。那些一桶桶尚未被讀者品嚐的原酒，便是一滴滴來自小說家最珍貴的文字勞動力。相對於威士忌，便是生產營運的管理者。他凝視酒窖，這些陳列排放的橡木桶，都尚未經驗編輯的排版、設計、校對、印刷、裝幀……宛如一座等待造物者到來的伊甸園。

| 蒸餾廠內發行的通用貨幣 | 汀士頓 Deanston |

我收下這一枚威士忌酒廠發行的硬幣，用以買通時間的守衛，打開語境的城門，通往散落的、凋零的天堂島嶼。

# 散落天堂的<br>憂傷島嶼

島嶼的歷史，總是從憂傷的海岸線開始。海浪從遙遠的彼岸恆定湧來，衝擊的島嶼，侵蝕著土壤與島上的人們，不過這一切也造就了這座島嶼的可能。

從一座島嶼向外延伸，隔著海，它可以遠離，或者靠近，另一座大陸。這只是想像上的距離感。比較真實的，並不是丈量的標準，而是一個人的心境，是否因為忽近忽遠的距離，獲得了疏離或者親密的感受。

一座島嶼，可以是地圖上某個國度延伸的遙遠領地，也可以是一個思想獨立之國。島嶼，最簡化的理解：由海水包圍的小地域。它可以是自海面隆起的火山，也可以是一片不會融化的冰凍硬地。從遙遠的高空看，大陸也被海水包圍，尺寸大小是島嶼的百倍千倍萬倍。有一天，人們或許會在月球的觀測站發現，所有的大陸都是失根漂浮的島嶼，只是面積比較廣大罷了。

這開始的討論，描述得有些遠。不過最初最初，我是從這樣的視角，去看待一座島嶼。在這樣的前提下，環繞蘇格蘭本島的破碎島嶼鏈上，有什麼故事？少數還持續運作的蒸餾廠，又以煉金之術，努力維持何種威士忌的風土氣味，以及人的堅持？

這是蘇格蘭島嶼區威士忌，令我迷戀的起跑點。

在討論島嶼區單一麥芽威士忌之前，我必須先擱置帶給飲者美麗迷途的艾雷島。在辨識上，艾雷島有它特殊的釀造歷史，足以單獨論述，自成一個暈眩神迷的產區。除此之外，從蘇格蘭的地圖輪廓來看，現在持續運作蒸餾廠的小島嶼，由南往北羅列，分別有：愛倫島、吉拉島、默爾島、斯開島、路易斯島，以及不特別大的奧克尼群島。

這些待在經緯度上的小島輪廓，被冰河作用切割得更加零碎，出現了更加心碎的視覺。

我試著從地圖的視角，概論描述：

島嶼區的威士忌香味，大多漂浮在赫布里底群島（Hebrides）的一些碎石之上。

一島一廠。一座島嶼，豢養一座蒸餾廠。這種島嶼上「唯一」的心情，讓各島嶼蒸餾廠的從業人員，無比在意他們釀製的威士忌，如何能代表自己所在所活的一座島嶼。

「這個人正在這座島嶼生活」——這種意念會蒸餾出人的心酒，也會替島嶼威士忌寫落語境。

面對島嶼，我擁有一本書：《寂寞島嶼》。

我很喜歡這本書。書中那些島嶼給人遙遠、但必然存在於地理座標上的意象。

書中提到一座島嶼，英屬的聖基爾達島，距離蘇格蘭大陸一百六十公里，面積只有8.5平方公里，除了乘著東北風從外赫布里底群島飛過六十公里的海鳥，已經沒有人居住了。但在作者的筆下，那島上還留有小屋與教堂，沒有被挖走的墓園裡，還躺著許多無法離去的嬰兒……是的，是死去的嬰兒們。是那些還來不及開口說出語境、就由天使帶走的幼小靈體。

在這座島嶼上，有著一段「八日病」的描述：新生的健康孩子，在出生四五天後，紛紛自動斷奶，無法吞嚥，在無可判斷的表情中，撐過一週，然後島上有三分之二的新生嬰兒，便由天使領走了生命。短的四五天，長的也活不過最短的月份，這些逝去的嬰兒，把身軀留給了這座島嶼。這是一個悲傷的想像、哀慟的虛構與故事，沒有人知道是因為近親血緣，還是燃燒島上泥煤取暖所產生的煙霧有毒，帶走了這些美麗的新生命。

這是一個關於生命消逝的傳說，也是從時間出發的文學想像。這樣的敍事，第一時間，令我無法界定《寂寞島嶼》是：

一本島嶼地圖集？

還是關於孤島的平面觸摸？——就像書封的副標：五十座你從未也永遠不會踏上的島嶼。

又或者是作者面對地圖上的島嶼，進而展開的虛構描繪之旅？——如同我喝著愛倫（The Arran Malt）、吉拉（Jura）、托本莫瑞（Tobermory）、里爵（Ledaig）、泰斯卡（Talisker）、高原騎士（Highland Park）、斯卡帕（Scapa）這些島嶼威士忌時，進行的小說家浪漫也哀愁的想像，以及關於威士忌故事書寫的基礎提問：那島、那酒、那人。

蘇格蘭沿海島嶼的自然條件原本就嚴苛，想要運作蒸餾廠，固定成本已經是先存的壓力。但如此巨大的限制，造就了島嶼威士忌「傾向於複雜姿態」的美感。現存的島嶼威士忌，都有一種「挑選飲者」的基因。這與許多「篩選讀者」的小說一樣，擁有不討喜的個性，是帶刺的花，是不能愛上的情人。

只不過，真實的篩選者是誰？至始至終都沒有改變過的篩選者，是天父、是耶穌、是真主、是佛陀……是一切信仰的最初與最終：時間。

就像兒子對我說過的一句話：「只是因為，你是我的父親。」所以兒子成為了時間給予生命的篩選者——篩選我作為一個父親，是否成立、是否適切？

而島嶼威士忌在尋找的是「理想的飲者」，意味著她們都是「篩選飲者」的單一麥芽威士忌。她們從海的另一端，或近或遠，輕輕哼出浮藻之聲、海鹽的況味，以及由島嶼的時間安靜沈積下來的泥煤，飄過海洋，移動到另一塊陸地，等待飲者從她們不妥協的辨識系統，進而認識她們，然後進入島嶼威士忌豐饒與潮濕的體內。

誕生與成長於島嶼的她們，都是「為少數釀製」的單一麥芽威士忌。

是的，即便是感覺甜美的高原騎士威士忌，也因泥煤層與艾雷島的不同風土，而擁有「非主流泥煤」的頑固意志。

以泥煤煙燻的影響來看，托本莫瑞蒸餾廠推出的泥煤款里爵單一麥芽威士忌，與班瑞克十年泥煤單一麥芽威士忌（Ben Riach Curiositas Peated Malt），以及吉拉島威士忌特別推出的單桶強度的泥煤款，都值得飲者深入玩味，比對她們不同的初衷。

在這樣的比對下，里爵單一麥芽威士忌的泥煤，是在什麼樣的天然困境下產生？

吉拉島蒸餾廠推出重泥煤款，除了市場需求趨勢，原本無意特別發展泥煤的她，如何活化一座島嶼才有的鮮明個性？

泰斯卡威士忌之於所屬酒業集團，扮演著有如樹根的重要基酒角色，是否阻礙了她作為單一麥芽威士忌的枝葉發展？

這諸多討論，起因於島嶼，也因孤島的不易親近，生出繁花可能。

法國小說家米榭・韋勒貝克寫過一部長篇小說，在使用繁體中文的島嶼上被翻譯為：《一座島嶼的可能性》。

這個書名，是一道緊身咒語，綑縛著撫摸了它的我。

現在，將它用於思考島嶼區威士忌，一座島嶼的可能性，出現了新的層次：

如果那島，關於那酒，於是那人。

如果台灣，只是地圖上的一座那島，那它會是一座容易安心於妥協的島嶼。這是因為人情溫暖，對於絕大多數的心跳聲來說，都不是為了爭奪，而是用來適應殖民的侵略者，被動地進行反抗。

我聽見過空氣提出的質問：

島嶼是等待殖民者最天然的實驗場域？

生於此島、由本島熟成的我，是否也變成了失去島嶼意識的那群人的之一？

台灣，這座海島，如何保有原生的意志？

不……這些會不會是受限於國族歷史視角的論述。之於我，台灣早已大於一座島嶼的可能性。

關於那酒？在這座烙印了我一生記憶圖像的島嶼，也有兩座認真專注釀製威士忌的酒廠。一是蘭陽平原的噶瑪蘭酒廠，另一是深植亞熱帶生活的南投酒廠。她們持續與我近距離的接觸，撥動我的麥酒單弦。如此便無法不接續提問，台灣兩座蒸餾廠的威士忌，帶來了什麼樣的音樂性，搖擺我手中的品飲杯？

我，於是成為了那人。

愛戀者如我，應該如何記錄台灣島嶼的威士忌？

我曾經在斯貝賽區的雪地裡，發現過天使的足跡。但不確定這些天使如何走過我正在生活的土壤。在這本試著聚焦於蘇格蘭單一麥芽威士忌的敍事語境裡，我想先成為局外人，等待更多氣味記憶熟成之後，再開始進行想像的絮語。我迂迴航行，回到蘇格蘭的眾多島嶼，始終相信著，每一座島嶼上的單一麥芽威士忌，都擁有瘋狂的靈魂，並持續等待著島嶼上的那人，與天使一起分享。

我們是從海洋深處逃出來的唯一報信者，通知這個幻境世界：那頭巨大的白鯨是一抹胡椒風味。

## 實驗者愛倫與蘿莉塔

愛倫威士忌（The Arran Malt）在蘇格蘭單一麥芽威士忌的世界，是一具骨肉青澀又充滿意見的女體？

我如此描述，是有淡淡的疑惑，但沒有一絲輕蔑，更多的是轉身之後的愛慕。

因為年輕，所以實驗——魯莽與假想未來苦短，在極短的時間，引燃住在短時間裡的自己，然後開始思索如何持續青春的火光——這樣的界定本身，是否也能成為認識島嶼威士忌的實驗？

從一九九五年運作蒸餾出第一批原酒之後，現在愛倫島上的窖藏，也有機會滾動儲藏了二十年以上的橡木桶，進行原桶原酒的小批次限量裝瓶。即便如此，在悠久的蘇格蘭威士忌光河裡，愛倫威士忌依舊是青春得令人忌妒，值得為她淡淡透金的鮮嫩皮膚萎靡墮落。

只有足夠青春的肉體，才能經得起仰慕者的侵擾吧。就像年輕的酒體，遇上了加水的品飲方式——一瞬間它解開了香氣的枷鎖，也改變了如處女般的酒體。

在沒有加水之前，剛開瓶，原生的執拗酒精氣味，有如初熟女孩笑著同齡男孩的不耐煩，但在微辣的香氣背後，一直飄來森永多樂福水果糖罐的稚氣氣息。那是男孩與女孩青春遐思的原點。究竟是那一種水果香氣，就看想吃糖的人倒出來什麼顏色的硬糖果。加水之後，因為潮濕而敏感起來的：乾淨生鐵、肉桂、鹽味……還有只被刀鋒劃開了一線表皮的青澀水蜜桃？這是我品飲愛倫十年單一麥芽威士忌時，捕捉到的一位女大學生。

這些氣味，以及中度豐滿的油脂口感，與非冷凝過濾（Non Chill Filtered）的原始46%酒精濃度有關；與蒸餾廠堅持使用松木製發酵槽而蘊藏的複雜微生物反應有關吧；也與柔軟但強大的墨西哥灣流所帶來的高鹽海風有關吧。雖然十二年原桶強度的愛倫威士忌，帶給我更靠近輕熟、有實體慾望的衝擊。如果只能挑選一支愛倫島上愛倫酒廠的標準款酒，我還是會選擇只熟成十年的單一麥芽威士忌——此時此刻的愛倫，因為年輕而值得。

她就像蘿莉塔，以立體的青春軀體，推倒了中年飲者的味蕾理性。

只不過，如此年輕的釀製企圖，如何駕馭過桶的酒體，與酒體的過桶？

這答案，只能實驗。一批次一批次蒸餾，一桶一桶熟成。然後選擇風味桶，換桶，再次面對時間。熟成沒有更快速與更經濟的辦法，只能靠時間驗證，就像那些被誕生出來的故事本身。

愛倫蒸餾廠運作不同風味桶進行過桶嘗試，從最典型的西班牙雪莉桶（Oloroso），到葡萄牙波特酒桶（Port）、法國蘇玳酒桶（Sauternes），進而到馬德拉桶（Madeira）與法國白蘭地干邑桶，也都成為實驗對照組。如此過桶，實驗風味的變化，在現今的威士忌世界其實很普遍。比如，格蘭傑單一麥芽威士忌，在風味桶的運作規劃上，早已經是頻頻引人回頭的輕熟美女，而且經常大膽得令人驚訝。

一九九三年才開始動工建立的愛倫酒廠，會期待自己實驗的結果，抵達何處彼岸？

這樣的質疑，也適用那些我敬重的同齡小說家們。或許，寫者總是這樣反覆質疑著寫者自己，才能慢慢寫出點什麼吧。

不管市場的供需關係如何啟動威士忌酒廠的風味桶實驗計畫，飲者最終都會有心屬的堅持。飲者的堅持，也是文學讀者的堅持，往往是奠基於創作者不妥協的那份頑固。這也是我選擇愛倫十年的原因。她試圖保有愛倫島嶼威士忌的初衷：波本桶與雪莉桶更主動的結合。這應該也是酒廠釀造者的原點。

寫到這，我突然意識到，愛倫十年單一麥芽威士忌，可以是蘿莉塔，不一定是真人，也可以是一身木偶。

光滑平順的木質皮膚，隱隱泛著光，靜靜躺在兩種橡木桶心底，等待著釀酒師。蘿莉塔她必然是等待操弄的。當時間輕輕熟成了她，為她穿上蕾絲連身裙，拉高白色的襪子，一雙發亮的黑皮鞋，最後由釀酒師綁好一圈一圈交織的辮子，把所有的青春元素全都調合在一起。之後，她會從操弄之中，以身體回應也戲弄操弄者。

青春，帶來了愛倫威士忌。但一個不小心，也帶走木偶沉睡的時間。不過我不擔心，因為愛倫這座美麗的島嶼，依舊放著一張讓時間停留的椅子。造物者並沒有主動取走任何年輕的軀體，只是任由低溫，緩慢解剖年輕的酒體。

我總是會歌頌蘿莉塔的，就像所有的男人總是歌頌著妻子的青春時刻。總是，會是一種尋找影子的過程。在某些微醺的時刻，男人們總會突然再次看見妻子的側臉。那些眼角或許已經出現細紋，一旁的鬢髮可能也有幾絲白線，但當妻子們不經意微笑的瞬間，男人們總是會再一次發現自己的蘿莉塔，早已成為一種停下了時間的液體人形。然後，再度深深陷溺於重覆的愛上。

在小說的世界，她們早就越過時間；然而，在威士忌領域的她們，也會為不同年齡層的飲者，帶來不同的遐思。

威士忌就是如此讓人愛著的。但是等待下一位蘿莉塔的情緒，也一樣令人難耐。釀酒師作為一位威士忌的造物者，躲在蘇格蘭的伊甸園裡，偷偷捏塑著下一個蘿莉塔的人型。這些威士忌的蒸餾者、調和者，從淨水浸泡大麥發芽、糖化與等待時間發酵、初蒸餾再蒸餾、裝入哪一種酒桶，都是在進行「故事結果未知」的實驗。而真正被祂們實驗的，不是跟著時間熟成變化的酒體，而是飲者。所有品飲的他者，都是威士忌虛構的假想讀者；每一個人都是被測試「是否持續喝著」的白老鼠。而年輕的實驗者愛倫，以十年熟成的單一麥芽威士忌，騙走了也喚醒了所有對青春軀體的遐想。

## 鹿與老大哥的吉拉島

那是一座鹿比人多島嶼。我從資料發現，一整座島嶼只有兩百多人居住。最高點標高七百八十二公尺。島上有兩座孤峰頂著天空。自中石器時代有人類的刻鑿痕跡開始，吉拉島（Isle of Jura）就漂浮在艾雷島的東北邊。

那也是一座不少口傳故事的島嶼。島上擁有三隻眼的先知，被外來的貴族驅逐。後來先知對這家族的詛咒，真的成真了。由於對泥煤擁有大地能量的敬畏，吉拉島上的居民，每年五月前都不切割泥煤……這些都是非理性謠傳的延續。但時間走渡到現在，島上的居民依舊持續舊時代的生活習性，像是對純粹文學的迷信，不願意改變。

這種執著信仰的島嶼迷信，誕生了吉拉幸運威士忌。當然，傳說也釀造出吉拉預言這款單一麥芽威士忌。

Isle of Jura「Superstition」：這支威士忌的命名，深具無知的魅力。

是的，有時候同意無知者的溫情，會帶給我安慰。那樣的片刻，我是厭惡知識份子的。

這個源於吉拉島上諸多迷信與傳說的訊號總和，丟出來的命名「幸運」一詞，其實更靠近人對於不可解事物的概括承受。這是對於「命運」抽象經驗的接納，由這一代口述給下一代，傳遞的過程就像威士忌的感官轉述。

威士忌愛好者之間，對於吉拉島威士忌的評價，一直都很兩極化。不喜愛的飲者，不耐於她入口之後毫不抵抗的個性，失去進一步的興趣。特別是在艾雷島泥煤風潮與高地核心區斯貝賽的雙重浪頭之下，吉拉島威士忌就像是青澀時期的卡其色高校制服，只能中規中矩的使壞。只不過，當島嶼有陽光，她便能傳遞乾淨不複雜的原野意念，不打算張揚設計的微胖瓶身，極簡的品牌酒標，以及「這座島嶼居民很少」的自然寂寥，都能跟吉拉島威士忌的第一印象連上虛線：那裡有一整座島嶼的曠野啊。

我是從吉拉島十年單一純麥威士忌，碰觸到這座島嶼。記憶最深刻的是那種：似油似水的口感。彷彿一開瓶，她就已經帶著水割的羞澀而來。不論我怎麼大口品飲，她都願意順從。我不會說她可惜，真正驚訝的不理解是：40%vol 的酒精度，怎麼能夠這麼淡順溫柔？

後來，我才在另一款名為幸運的吉拉島威士忌，懂了這座島嶼風土透過威士忌要帶給我的訊息：一種特有的中度油性液體威士忌口感。

蘇格蘭島嶼區威士忌的每一家蒸餾廠，都是一頭頭想要繁殖自己下一代的公鹿，生長著不同的形狀的巨大鹿角。島嶼區威士忌，有一島一廠一個性的分類法。那麼一九六〇年代之後重建的吉拉島蒸餾廠，透過極軟質的泉水，挑高細長的蒸餾器頸部，以及使用 Port Ellen 麥芽廠清淡型煙燻大麥，挺拔站在丘陵上，嘶鳴著酒廠的整體個性。

即便連43%vol、飄起淡淡煙燻、多種果味的吉拉島幸運，一樣如油似水。

每個人心底都需要一座不大的島嶼。這座島嶼，不是為了一個人短暫的停留而隆起海面，只為了等待一個人去發現——每個人的身後，都有一片海，而那海面上早就有一座島嶼。只不過，島嶼上還沒有人轉身去眺望。

我說服自己，那些年，待在吉拉島上的喬治·歐威爾，也一樣這麼說服自己：我在我的島嶼上，只要還能看見世界的光感，就不用擔心這座島上，只有一個人。

這樣的說詞，是一種堅定的溫柔。擁有這種堅定溫柔特質的人，經常是浪漫的行者，多情的左派，充滿同情心的小資，或是理念堅定不移的社會運動者。

二次大戰之後，一九四〇年代末期，抵達這座吉拉島的小說家喬治·歐威爾，應該會是一位如此堅定溫柔的寫者吧！他因病輾轉到這座島嶼休養，進行《一九八四》這部小說的創作。當時，蒸餾廠還是未經融資改建的關廠舊房舍。我曾經想像，他漫步在蕭瑟的城鎮與荒涼的野地，時不時在運送威士忌的道路上，遇見了遠處數千隻長相重覆的公鹿，挺拔著壯碩的胸膛，頂著繁枝鹿茸，如同老大哥，就像重覆再重覆的公鹿身影，無所不在，統治著吉拉島。

這位小說家在病中，偷偷潛入吉拉島傳說中的威士忌蒸餾廠，在夢裡偷偷品嚐了這座島嶼的生命之水，一樣堅持著屬於寫者的迷信：還有故事要寫的小說家，不會真正死去。

然而老大哥，無所不在，監視著兩、三年後的喬治．歐威爾，在他肺病離世前，確實蒸餾出一道新酒，悄悄地裝入了這個世界的新桶。直到二〇〇三年，吉拉島蒸餾廠發行了紀念喬治．歐威爾的 Isle of Jura 1984 威士忌（19yo Single Malt Whisky），用以紀念作者，以及這部熟成了閱讀世界六十五年的政治寓言小說。

## 斯開島胡椒辛香

辛口胡椒香料的刺辣感，是第一口喝下泰斯卡（Talisker）十年單一麥芽威士忌最明顯的口韻。她在我的口腔裡，粗曠地撕裂開內衣，激烈的爆炸開來。

這支來自斯開島（Isle of Skye）的泰斯卡威士忌，嚐起來像是舔舐了乾淨黑胡椒、不特別辣的青椒，或許還有一些原住民的馬告。如果深深吸一口氣，不難發現躲在煙燻內裡的淡淡小茴香香氣……這類的口感與香氣，究竟是從哪裡出現？又是在熟成的那一個時間點，偷偷潛入這支十年單一麥芽威士忌？

這種在氣味森林迷路的感受，也曾經發生在卡爾維諾的《如果在冬季，一個旅人》。那是小說的迷宮，由我與另一個我完成的敍事騙術。究竟是我說了故事，還是故事裡的我，說了我的故事。於是我說：低地區的格蘭金奇將青草味泡入橡木桶；亞柏菲迪（Aberfeldy）高地威士忌，把甜柑橘糖漿氣味種入淡油性的木頭；慕赫威士忌（Mortlach）是一頭真實的野獸，她的身體充滿著慾望的肉汁——特別是她標示的2.81次蒸餾工法，以及那小尺寸的小女巫蒸餾槽，都是藏在閣樓裡的公主……這些秘密，值得飲者犯罪侵入，行使一次陌生與暴烈的性愛。

這類感官的追尋，理性嗎、科學嗎？又真的需要理性、需要科學嗎？

泰斯卡單一麥芽威士忌中明顯的胡椒等複合辛香料的口感，是因為六零年代之後，酒廠使用U型林恩臂的關係？又或者，蒸餾廠的燃油直火加熱時，急躁猛烈的燃油，強逼出酒汁原生的嗆辣？還是存放在斯開島上的橡木桶，因為長年海水潮濕的海「鹽」浸染與「木」質，產生出強烈的胡椒口味？她的胡椒辛辣，可能是松木製發酵槽裡看不見的乳酸菌類帶給威士忌的禮物……

只不過，僅止於此嗎？這些提問與推測，可以是純粹的意念。是否探討，是神賦予飲者的自由。這也是威士忌的魅力所在，也是威士忌需要語境敘事與交錯詮釋的原因。在單一麥芽威士忌的世界裡，無數飲者的過度詮釋，讓抽象的感官神話不需要破除。

這些可供味覺、嗅覺辨識的氣與味，是威士忌飲者的一塊心頭肉。品飲威士忌時，對於氣味與口感進行辨識的描述，是一次次美麗的假想，是感官持續受騙的過程。

我耽溺於虛構的騙術展開：被欺騙，以及說服自己被欺騙，原來是無比享受的輪迴。就是魔幻，像似寫實。不是嗎？我們之所以喝，之所以試著成為一位威士忌飲者，就是愚昧的心甘情願。一如我們活著去看見愛，去靠近愛，試著取得力氣去愛。然後在死前，相信自己一輩子都活在愛的騙局。

面對這支熟成十年的泰斯卡單一麥芽威士忌，我半醉說服自己，那一直被追逐的特有胡椒辛香香料，來自於酒標上的那句英文──「Made by The Sea」。這就像沒有理智的愛，相信這個斯開島的味覺神話，是海洋製造，就像相信陸地上所有活物都由大海孕生演化。

唯有不理性的浪漫，這座彷彿電影情節裡中土神話世界的斯開島，才會如此動人美麗。

我記得，在某一次返鄉的行程，與親人討論的如何協助一位外甥度過成長叛逆期。所有人圍桌聊著帶點嗆辣的親子溝通問題。深夜回到家，我吃著桌上的老婆餅，伴著泰斯卡十年單一純麥威士忌，發現另一個時間階梯的溝通。老婆餅核心那一層過甜的蜜糖，意外融合了泰斯卡，讓這支威士忌更富層次：各類胡椒的辛，被帶有蜂蜜香氣的蔗糖，圓潤出更多可以辨識的辣。辣在甜裡，愛在反叛的傷害裡。原本中等程度的煙燻味，與老婆餅的麵粉香氣，結合的就像一次有些急促、短暫、狂野、帶點刺痛，但心底無比舒服的一夜情。

很難以文字或口述，描繪這兩道不同領域的溝通過程，同時發生了。從兩代的溝通問題，轉化到口慾的一夜情……那是一次無以名狀的品飲記憶。但我卻覺得，那完全符合人的感性訴求，而且自自然然在平常的日子裡一次回流了。

*所有的島嶼，都是座標於想像之外的烏托邦。在可以停泊靈魂的港口，那些最後的美麗，都是透過蒸餾淨化出眞實。*

## 內赫布里底的天堂避風港

我持續流連在蘇格蘭的島嶼威士忌。日子輕輕過去，妻子偶而不在房子裡，兒子心裡開始沒有共同的家，沒有任何傢俱被流連的鬼魂推動移走一寸。這些還沒有浮出藉詞的家之針點，一如虛構故事中的角色，隨著船尾的餘波晃動。

家，是幾公克憂傷的悲劇？

小說，是何種擬真的電影？

威士忌，可以虛構出什麼的動態謎語？

喜愛冷僻的飲者們，對於島嶼威士忌是否也出現了艾雷島印象的謎樣心情？當我們試圖以「一島一廠一風格」的思維出發去親近她們，也落入風味辨識的假象？如同我們閱讀《百年孤寂》之後，便開始以「魔幻寫實」解剖拉丁美洲的小說血管，期待著另一塊陸地的瘋狂，忽略了馬奎斯是從寫實經驗啟動驗證，就像漸漸少人提及的《沒人寫信給上校》與《異鄉客》，其實是無比經典的真實世界寫照。

我以這樣的內視鏡查看自己的內核，持續航行於蘇格蘭的列島，抵達那座水手們期盼的避風港——位於默爾島（Isle of Mull）北方首府的城鎮：托本莫瑞（Tobermory）。現在，這個島嶼上唯一的蒸餾廠，就位於港口的邊上，也叫托本莫瑞；蒸餾出來熟成之後裝瓶的無泥煤單一麥芽威士忌，也叫托本莫瑞。

托本莫瑞單一麥芽威士忌，開瓶時，充滿「甜意」的複雜香氣，帶出金桔果醬、懂得漂浮的牛扎糖、曼陀珠水果綜合糖。如果讓鼻子待在杯口久一些，清淡的鹽味便由遲到的海風吹來，最後會有一股麥克·傑克森提到的「模糊的煙燻」——於此分享，我私心追求的小說，也是一種「模糊的」文學。因為我相信，模糊划行，最終可以抵達乾淨的碼頭。托本莫瑞一喝入口，便是「乾淨的油感」。如此「油感」，我在島嶼區的吉拉島威士忌（Jura）也有過相同的經驗。但兩者確實存在可以區分的細緻差異：托本莫瑞的油感不及吉拉幸運「立體」，但吉拉油感裡「模糊的煙燻」，又不比托本莫瑞耐人尋問。

有一小段搖晃時光，我著迷於「乾淨的油感」與「立體的油感」。應該如何描繪其中的分野？我反芻的是，魯佛的《燃燒的平原》與馬奎斯的《異鄉客》這兩部短篇小說集之間，有一條虛實相應的線，引誘讀者在兩邊跳格子。

托本莫瑞威士忌，在台灣這座因單一麥芽威士忌而瘋狂的島嶼，也是非主流當中的少數。這裡的非主流，長期的飲者一定理解，對比的是已經主流化的艾雷島威士忌。

「一直都是非主流的……」我想起一起抽煙斗的朋友D，在一斗煙的時間裡聊到，我這些日子喝的威士忌、寫的威士忌，都很冷門。D指的也是艾雷島以外的島嶼威士忌。聽這位也喜愛威士忌的朋友如此描述，我意識到這些年來，自己持續處於「局外人」的情狀寫照。雜誌編輯朋友，覺得我是文學圈的；寫小說的作家友人，則好奇我在男性生活雜誌的編務細節與八卦瑣碎。我不禁想著，熱愛威士忌許久的自己，寫下這些非主流的威士忌語境，那些因酒而結識的專業飲者，會如何解讀這些文字的訊源。還有妻子與兒子，也覺得我是家的局外人。他們是否願意在這些語境裡，尋找可能待在家，這個牢籠裡的我……

| 酒液沈睡於西班牙 Oloroso 紅橡木桶 | 里爵 Ledaig |

她比我早一年，就被時間誕生出來，
等待我，遇見她愛上她。

這是一段尚未熟成的未來。未來，是否會以這些訊源的概括集合體，標示我在威士忌世界的局外人身分，並且試著切入辨識？

局外人，這個詞彙有一層淡淡的孤單：那小於存在與否的。就像島嶼威士忌本質上也有一種走過零碎的哀傷。

說不定，我偏愛某些島嶼威士忌的原因，是因為她們也理解與接受了自己的局外人身分。這樣的「局外人」，是可供辨識的敘事對象，也是值得以圖釘標記的座標，以及一個持續行走於城市、躲著觀看外部世界的模糊身影。

局外人的內在，易於分裂。托本莫瑞這個蒸餾廠，也有過乾淨的分裂。

托本莫瑞，是現在蒸餾廠的名字，它曾經歷過關廠的宿命。復廠之後，開始以里爵（Ledaig）之名，運作酒體的誕生。當時，是以生產有泥煤特色的威士忌為主。之前的名字，之後的身分，在某一個時間點，也給了這座多彩避風港分裂的身世。現在的托本莫瑞蒸餾廠，將沒有泥煤煙燻烘乾的威士忌，名為托本莫瑞；因應泥煤市場需要再次發展出來的泥煤款，則以酒廠的舊名「里爵」（或有譯為萊迪哥）命名。

名字與身世，一直都是我思索小說命題的重要關鍵之一。

最初接觸到這個身體清楚分裂的單一麥芽威士忌，我突然懂了，托本莫瑞原來也是一瓶「局外人」。

這樣的身分，可以延展討論許多單一麥芽威士忌曾經的宿命：在調和威士忌風行期間，島嶼威士忌特立獨行的風味，多半成為調和威士忌的重要基酒，沒有太多自我。

基酒任務讓島嶼區的單一麥芽威士忌，多半只能少量出售——就像之於約翰走路調合威士忌的泰斯卡——但也因為少量裝瓶，不論是本質，或者與外部對比，酒體風味更加異常挺立，進而走入非主流少數的小徑。這是風格乖僻者的宿命，也是冷門局外人的宿命。但局外人不總是局外人，在時間的流轉下，每一座島嶼蒸餾出來的局外人，在強烈的風土環境限制下，風格早一步熟成。

接下來，只剩下等待。等待如我的飲者，航行靠近港灣，眺望可能有兒子與妻子佇候的碼頭。我，一直只是一艘迷航之後努力靠港的無動力帆船吧。

在蓋爾語中，Ledaig 意指「安全的天堂」，也有詮釋為「避風港」。安全的港口：里爵天堂……不知為何，蓋爾語之於威士忌品名，總能讓我在文字的意寓裡酣醉。這個蓋爾語詞彙，持續讓我向內思考：

威士忌，之於我個人，究竟是什麼樣的避風港？

是一處如何放置小說思考的安全天堂？

是否也能將妻子兒子陳年其中？

會有多少值得一起熟成彼此的寫作者，共同酣醉語境的生成？

在持續喝與寫的日子，我也閱讀那些書寫威士忌的出版品與文章。之於這些寫者、飲者、製酒者，威士忌是另一個有骨有肉的活者。他們以音樂的節奏走踏過石楠花叢；在光圈與快門的約束下，看見古老地板上大麥發芽時的呼吸；用雙腳走過手工開挖出、不同煙燻層次的泥煤磚田；以浪漫的眼睛，看見三次蒸餾之後的乾淨氣體，經過蟲桶（Worm Tub）緩緩冷凝降落；在一支接一支的單一麥芽威士忌裡，以數理的思維，具有科學實驗的研究精神，探尋威士忌知識並且記錄。然而，私心的我，只是偏執的想要舉起那支充滿儀式的開桶木槌，敲擊橡木桶，喚醒靜靜躺在桶內各種女孩女人的氣息與味道。

我與這些圍繞著威士忌的衛星們，同活在一座島嶼，同樣以另一座島嶼的視角，看見了、聽到了、嚐出了、發現了不同的威士忌生活體感。

每當想到有另一群寫者，以文字記錄著威士忌，我便安心告訴自己：透過威士忌語境，會有機會輕輕觸摸到天堂的衣角。不是飲酒歡樂的天堂，而是安心成為飲者的天堂。這種寬心安全的意識，與陳年年份、酒精度、泥煤PPM、威士忌臉書社群、網路跑瓶拍賣都無關，而是一種「共感的安心」。

蘇格蘭威士忌是飄洋過海，才抵達台灣這座島嶼，卻能引起愛慕者在抽象的平台，透過氣味的召喚，液體流經舌床引來感官經驗的和弦觸動，而成為另一種創作集合體。一如那些誘惑我墜落新奇幻境的小說，也讓不同邏輯思維的讀者甘心一同迷失。

我發現了另一種把文字調合之後裝瓶的方法，那些和雨一起落下的靈魂，滾落階梯，帶走上一季就枯萎的落葉，最後在溝渠裡匯流成故事，慢慢靠近古希臘神話中的酒神戴奧尼索斯（Dionysus）。

傳說，戴奧尼索斯是宙斯與底比斯公主塞墨勒的私生子。因為天后希拉的設計，宙斯以雷神的原形身份現身，燒死了塞墨勒。祂為了搶救新生嬰兒戴奧尼索斯，便將兒子縫入自己的大腿，直到滿月之後，才讓戴奧尼索斯從祂的大腿中，第二次誕生。酒

在鬼魅的流言裡，硫磺與肉汁是魔鬼的顯形，也是魔鬼最迷人的誘惑。全銅製造的蒸餾器是諸神的淨化器。祂們以不同形狀的罐體，在密閉的高溫中，與化爲蒸氣的魔鬼達成秘密協議：人將擁有絕對的自由意志，唯一的代價是，活者必然面對所有最爲荒淫、怪誕與悖德的惡之華。

神，是從父親大腿中二次誕生的兒子。威士忌也是至少經過二次蒸餾之後才能誕生白狗的兒子啊。

戴奧尼索斯長大之後，天后希拉陷害他成為瘋癲者，四處流浪。在大地上流浪的時候，他教會葡萄果農釀製葡萄酒的方法，之後才成為酒神，庇佑著土地上的所有果實，成為農業神祇。古希臘的人感念，以酒神頌為祂酒祭。接著，慢慢發展出古希臘的神話與英雄悲劇。這一系列的神話與英雄，也成為一種定制的敍事體，發展出戲劇之中的悲劇。於是，酒神戴奧尼索斯也成為庇佑戲劇文化之神。彷彿是感染一般，就連祂身邊的隨從，如半人半獸的牧神，羊男薩堤爾（Satyr），也在淫蕩貪婪的慾望之中，狂歡飲酒，在慾望抵達狂喜的時刻，引爆戲劇故事最大的生命張力。

我也以如此豐饒的性愛慾望，往來於默爾島的海灣軌道。隨著海波，端著一杯里爵十年單一麥芽威士忌，搖動如紗網交織的泥煤共感：

在微妙的清雅裡，綜合儲存著青椒紅椒黃椒，也有剛洗乾淨的芭樂果皮輕香，以及不是辣也不是辛味的香料氣。某種有廣闊感覺的海潮，跟著瓶身搖擺。更深入杯內，這一切甜美，都被形體完整的泥煤氣味給框住，彷彿在乾淨的畫布裡漸層塗上了多次的、薄薄的、看得到色感的甜美果料。

十分輕盈的酒體，在舌床上多待幾秒，辣才慢慢暈開，緊接著是水溶解之後的蛋白膠狀濃度的蜂蜜。那些鹹味巧克力的終澀，停留的時間不算短，給出一種堅定的印象……這真的只是熟成十年的單一麥芽威士忌？即便沒有開瓶放一段時間，讓她與空氣深吻，醒酒，只有十年的里爵，在拔起軟木塞的瞬間，立即描摹出另一種新泥煤經驗。她不像似日本白州蒸餾廠的泥煤款，也不會是艾雷島上中間立場的波摩威士忌，而是「托本莫瑞海港的泥煤感」單一麥芽威士忌。

這一道專程由默爾島吹拂另一座島嶼的泥煤風，同時也吹拂起有關泥煤的零星想法。所有的描摹，都可以從酒體幻化最初的風土出發。

關於蘇格蘭單一麥芽威士忌的「風土」因素，有許多不同的蒸餾廠靈魂，也有許多近於科學分析的爭議。

在蒸餾出新酒（New Make Spirit）之後，還能達成多數共識的是：不同風味基調的橡木桶，在熟成期間對酒體的侵入影響，是造就酒體主軸風格的舵手。然而在蒸餾出新酒之前，許多重要的風土因子，比如：

不同品種的大麥——關係著糖化發酵之後的麥汁量；
具有密使身份的酵母菌——不同酵母菌進行長間長短不一的發酵，影響最初的酒汁；
用於浸泡大麥使其發芽轉身糖化的泉水——是否含有泥煤，則造成風味留存的變化；
裝瓶之前用來勾兌酒精、稀釋濃度的泉水——軟水、硬水對酒體口感造成影響……

這些都是每一支威士忌不與其他品牌彈同調的可變風土因素。

只不過，以上種種，最令麥酒戀人們心醉的，可能是最粗魯劇烈、也最強悍留存氣味的風土因子：泥煤。

烘乾麥芽時，火的舵手燃燒泥煤，以充滿熱能的煙燻，將泥炭層裡百年千年沉積下來的植被靈魂，轉化成有生命的愛，深深植入發芽的麥芽體內，等待接續而來的糖

我是一位熱切的墮落者。墮落於，一切美好的酒精、能讓靈魂衝動的慾望。只因我的舌尖、嘴唇、指紋與我的肉體，在漫步走往天堂港门的途中，已經漸漸失去觸探的敏感。在那些還能夠感受活著的瞬間，我都妄想著，在微醺中遇見天使的費洛蒙。

化、發酵、初餾與再餾。然後，散落在世界各角落的飲者，才得以向剛剛抵達的天使描述：請慢慢嗅聞品嚐，瓊漿裡躲藏著泥煤與煙燻呢。

我經常在泥煤的描摹裡，自動滯留在戀愛的盲目迷霧裡，相信還有許多層次值得去挖。比如，最簡單的幾種對比，艾雷島泥煤與奧克尼島泥煤；斯貝賽區 Tomintoul 泥煤田、亞伯丁郡北方的泥煤之間，在不同煙燻力度下，可以傳遞多少「泥煤度風土」。如複雜一些，同一泥煤田不同深度的泥煤組合，可能也造就煙燻泥煤的細小差異性。如果調皮實驗，將不同區的泥煤運用於不同蒸餾廠，島嶼區與斯貝賽區，艾雷島與高地蒸餾廠，會發生什麼樣的風土交錯？這些風土交織的極致，會不會就像高地區格蘭奧德（Glen Ord）蒸餾廠的蘇格登單一麥芽威士忌曾經做過的嘗試——以數位合成出香氣與風味伊甸園全景。

泥煤是所有蒸餾廠都值得去挑戰的冒險。在沾染泥煤的方法上，除了泥煤煙燻、泥煤泉水浸泡，還有格蘭利威自然泥煤桶單一麥芽威士忌（The Glenlivet Nàdurra Peated Whisky Cask Finish）做過的嘗試：將蒸餾出來的泥煤新酒，貯藏在曾經用來陳年重泥煤威士忌的橡木桶。我想試著用「過桶泥煤」這個詞彙來標誌她的座標。除此之外，我甚至胡亂在心裡做過想像的實驗：如果有一天，蒸餾廠的釀酒師決定在降低原桶強度時，使用流經泥煤地層的泉水，直接勾兌原酒進行裝瓶，我們會在天堂裡遇見何種另類的泥煤威士忌。

不管我的妄想如何，新酒灌一旦灌入某種橡木桶，之後威士忌要面對的，只有對抗時間的熟成與陳年。可喜的是，托本莫瑞蒸餾廠沒有停下來，默爾島也沒有停下來。

泥煤埋葬在荒原的墓地裡，活著的人，獻上彼岸的燦爛石楠花，是對風味最悠久的悼念。

所有不容易存活的島嶼蒸餾廠，都努力活著。

我有過一種信念：世界上的每一座島嶼，如果都有一座麥酒蒸餾廠，那麼就值得寫者以威士忌語境來探索時間的天堂。

## 帆船走過天使身體

古典的蓋爾語之於威士忌品牌名稱，翻譯之後的文字意義，經常出現奇妙的雙層意義。這種多層詮釋的可能性，讓威士忌語境開始懂得自體無性繁殖。Scapa 的蓋爾語意是：帆船。近年，新版設計的斯卡帕（Scapa）威士忌，在瓶身上也浮雕上一艘單桅帆船，呼應著蘇格蘭蓋爾語。

玻璃的語境海洋上，有一艘無動力單桅帆船，輕輕切過風的間隙，安靜航行於海面。這意象的轉化，也是斯卡帕十六年單一麥芽威士忌給我的印象：一位靜謐的航行者。相較同一座島嶼上——奧克尼群島——高原騎士蒸餾廠充滿維京英雄與北歐神話的傳奇印象，斯卡帕威士忌則是停泊在無風帶、無聲的孕育著酒的身體。那安靜得連海風都失去意義的熟成歲月，連想要偷偷分享的天使都差一點躲過——因為靠近北極的高緯度低溫，每年天使分享的速度緩慢，僅僅只有百分之一。

十年前，我從奧克尼島上背了一瓶斯卡帕十四年單一麥芽威士忌回到台灣。之後，就是持續且少量出現的基本款，斯卡帕十六年。

在幾次想起那座群島的深夜，我比對過這兩支不同年份的威士忌。斯卡帕十四年有更年輕的氣味，木質調的辛香氣味，依舊保持強烈。斯卡帕十六年則在酒精與新鮮的新刨木材的深處，躲藏著更多耐人尋味的橙果，以及扶桑花蜜的香氣——記憶中，走出小學側門外牆，就會碰到這類扶桑大紅花。我總會摘下花朵，去除花瓣之後嗅聞，並以舌尖舔舔花蕊後方。那裡頭總有某種香甜，是專屬孩童的糖，記錄著被時間擦拭出刮痕的兒時畫面。

我一直在想，何時要向兒子描述這些記憶。只不過，等待著等待，兒子已經走到另一條平行線上。也總有幾次，在安靜得幾乎無風的日常航行中，我留意到一個開始出現的提問：我的父親呢？

陳年十四年與十六年的差異，會不會是熟成兩種父親的差異？又或者，只是父與子？這樣的差異，之於小說，之於威士忌，如何進行更深一層的溝通：

時間熟成一位父親，需要多久？

父親都是原桶強度？

還是說，父親可以勾兑母親的泉水，稀釋酒精強度……到幾度呢？

父親需要裝入哪一種橡木桶？

肚子胖圓的父親，可以改良頸部，直接造成蒸餾的質變嗎？

這些問題，持續在橡木桶裡困著疑惑。我只記得，父親已經離開他的單桅帆船，一腳踏沒有人靠岸的時間碼頭，永遠也不願意再返回到語境的海洋。

然而，斯卡帕蒸餾廠的初餾器，沒有離開，成為一位願意堅持改良的父親：羅門式蒸餾器（Lomond Still）。

一般用於穀物威士忌的柱狀蒸餾器（Column Still），是在經過愛爾蘭發明家艾尼斯．科菲的改良之後，成為現在蘇格蘭威士忌最常使用的連續蒸餾器：科菲蒸餾器（Coffey Still）。科菲在原始的柱狀蒸餾器體內設計蒸餾板，以調節與控制蒸餾回流

（Reflux），成為現代威士忌蒸餾中最重要的變形記。這項蒸餾技藝的突變，像是卡夫卡的《變形記》之於現代主義文學荒誕派的座標。古老傳統的蘇格蘭麥芽威士忌，多半使用有如洋蔥形狀的銅製壺式蒸餾器（Pot Still），再加以蒸餾器的胖瘦高低與林恩臂彎曲的角度，來思考酒液的蒸餾與回流。然而，斯卡帕蒸餾廠的初餾器則是兩種的結合：將柱狀管加裝於壺型蒸餾器之上。這特殊的蒸餾器，也是我曾經參觀過的酒廠中，形體最為特別的蘇格蘭威士忌蒸餾器。

早年，在低地區與斯貝賽區，Inverleven、Glenburgie、Miltonduff 這三家蒸餾廠，都曾經使用羅門式蒸餾器。現在，除了布萊迪的「醜女貝蒂」用來蒸餾琴酒「植物學家」，蘇格蘭就只剩下這座極小型的斯卡帕蒸餾廠，持續使用著「只留下外部型體精神」的羅門式蒸餾器——依據可以取得的資料理解，用來增加回流的內部蒸餾板，已經拆卸。

這樣的結合，是形式上的拼裝，也是兩種身份上的剪接。那麼，父親，是不是就是「上一代」壺式與「下一代」柱式之間的拼裝與剪接？

不知是不是這種期待結合的「改良」的羅門式蒸餾器，讓斯卡帕十六年與斯卡帕十四年，這兩支威士忌的酒體，都只是中度輕盈並不厚重，像似用雙手舀起的海水，彷彿有重量又不確定手心感覺到的重量。

關於斯卡帕威士忌的記憶，如同那些永遠不可相信的記憶，我一直疑惑：在羅門式蒸餾器的內部，斯卡帕製酒團隊為何抽去了最初裝設在內部蒸餾板？這些蒸餾板與林恩臂，以及冷凝器，造就出來的回流與影響酒質的神秘之處為何？酒廠僅只在初餾器（Wash Still：酒汁蒸餾器）使用羅門式蒸餾器，如果第二次蒸餾的再餾器（Spirit Still：烈酒蒸餾器），也改成羅門式蒸餾器，斯卡帕又會幻化出何種體質的新酒？或者，回到遙遠之前的三次蒸餾年代，如果前兩次都使用羅門，最後一道終餾使用標準的烈酒蒸餾器，那麼斯卡帕這艘單桅帆船，會航行到語境海洋的哪一個經緯深處？

斯卡帕這少有與奇特的堅持，給我一種「堅實的中間路線」感覺。

中間路線，這個詞彙對我來說，等於沈默。

是否可以使用「折衷思考者」來界定斯卡帕威士忌的釀酒師？

吞嚥斯卡帕單一麥威士忌之後，清楚停留在舌根的紮實終澀感，帶點鹹味的巧克力，還有壓軸的燒焦堅果，是由羅門式蒸餾器帶來的特別風格？或許不盡然。這樣的品嚐尾語，透過Dave Broom風味陣營的延伸品飲，還有「類似且位置也靠近」的富特尼十二年單一麥芽威士忌（Old Pulteney 12yo）與克里尼基十四年單一麥芽威士忌（Clynelish 14yo）。十分微妙，在地理位置上，富特尼位於蘇格蘭本島最東北角，也是最靠近奧克尼群島的蒸餾廠之一（另一座是本島緯度最北的沃富奔蒸餾廠Wolfburn）；克里尼基則是普遍認為最具有島嶼威士忌特色的北高地蒸餾廠。這樣的類比，是否也說明著風土價值？這其中隱晦的美好，仿佛是美國大地的瑞蒙·卡佛、日本列島上的村上春樹與愛爾蘭島國的克萊爾·吉根，這三位小說家之於短篇小說帶給我的曖昧糾結——那是文學寫作的藤原效應，經常兩兩共伴，或者三位一體。

我是先成為兒子，之後才成為父親的。那麼我可以這樣展開血緣與身份：

兒子

作為兒子的父親與父親的兒子

父親

這種兩兩複合與三位體討論，讓我更加困惑。父與子的對應與愛，與男人女人對應的愛，在戀父情結的心因描述下，如何做出真實性別與經驗繼承的區隔？

相較其他島嶼威士忌的立體獨特，斯卡帕十六年單一麥芽威士忌的座標，也許是「曖昧而隱晦的島嶼威士忌」。但要說她隱晦，她輕輕航行過喉管之後留下的尾勁，又如此挑逗我的下半身。不知道是否有其他飲者如此感受過：遇見了一類女孩，總在她離開吧台之後，才想到為什麼沒有要電話號碼。在曖昧的情愫催促下，飛奔出去，才又撞見她還等在門外，狡詰偷笑。她盯看你我，等待著一份開口詢問的勇氣。

想對如此，斯卡帕十四年單一麥芽威士忌該如何進行敍事？

我粗糙比喻，斯卡帕十四年會是另一位剛成年的妹妹，已經擁有了姊姊的皮膚、體香、乳房等等誘人的性器特徵，但卻還沒能懂得愛情是什麼的女孩。如果品嚐了她，會發現內在出現了另一種複雜糾結的情緒，由口腔鑽進剛剛起風的腦海，吹皺了一片洋。只不過，年輕的十四年，已經懂得等在門外，設下凝視來者勇氣的陷阱。

我從沒想過，十年之後，斯卡帕蒸餾廠的這兩支單一麥芽威士忌，會以獵人姿態介入我的島嶼，介入我的威士忌語境。

我在二〇〇六年背回斯卡帕十四年之後，一直到現在都緩慢喝著，不太願意喝完。十年的光與影，偷渡過去，迄今還留下十分之一。每回開瓶喝一小杯，我都曾用保鮮膜多層封口。但這並無法抵擋無聲的天使與氧氣的作用力。日與夜，以同等的愛與殘暴，看待被籠罩的每一個人。每一瓶威士忌，每次打開，總會有一些空氣幫助酒精逃離吧。說不定也會有一位從奧克尼島上離家出走的天使，不小心被關入這瓶酒內，或許哀傷也可能無憂，持續等待下一次開瓶，再決定是否繼續為愛停留。

關於奧克尼群島，我還擁有許多埋在日子的記憶。每回想起那些因威士忌出發的短暫旅程，我便成為一位遲到的旅人。遲到於，回憶奧克尼島上的巨石陣；遲到於，挖掘當時斯卡帕蒸餾廠週邊收割後的麥田氣味；遲到於，捕捉蒸餾廠後方海崖邊上的陽光與海風。

在熟成的桶內，「遲到於」的詞彙，同時存有：受虐與愛。

或許是我誤會了記憶吧。或許，祂對待我是善意且慈悲的。這些還能召喚復生的畫面裡，有酒體裝瓶稀釋泉水的出處，有聞香時的穀物天然的本質，也有斯卡帕威士忌尾韻的鹽味源頭，等待下一次遲到的威士忌旅人。

在過去曾經抵達過少數蘇格蘭蒸餾廠行程中，奧克尼島確實是一趟不同的行程。斯卡帕威士忌也持續靜謐航行經過我的島嶼。這之間必然有宿命的徵兆，導航著我，以鼻與味蕾思索著她們的肉體。

這兩支不同年份的斯卡帕，都被選入《101 Whiskies to Try Before You Die》，由這本書定調為「此生必飲」的威士忌。

「Try Before You Die」是如何美麗與殘酷的慾念？

這句話，要求著每一個人都去逼視，活著的句號。

靜謐的死，是無可閃躲的；無聲的威士忌，是我不想避開的。從大學時期做酒保，到二〇〇〇年跑酒線擔任記者，一路接觸酒精到現在，我究竟嘗試了什麼值得的「生之存有」？我還有剩餘多少時光品嚐多少活的威士忌？反覆思索，我發現這是一個關於數量的謬誤。應該提問的是：在熟成自己的不同階段裡，面對那些曾經喝過的威士忌，時間留下了什麼？寫者以文字記錄了哪些值得記憶的酒體？

這些問題瀰漫思緒同時，台灣島上發生重大的傷害悲劇事件。一連幾天，熟成我的時間，在無法密閉的島嶼空間，幾乎沉睡靜止。悲哀的慶幸，台灣這座島嶼上默默儲存了等於殘酷的冷靜理性與獨立思考，在安靜的角落慢慢堅強航行，帶著一艘單桅帆船重回思索的航線。

十四、十六年的時間，之於不足長度的幼小生命是何種幻想？

當生命的航行直接越過來不及長大的天使軀體，她如何觸摸未來的秘境？屬於我的秒針，滑過數字之後，還可以透過小說，描繪哪些染料附著的紀錄？

在困住靈魂軀殼的橡木桶裡，人們似乎想起許多，但其實是遺忘更大。

在一個需要醉的夜裡，我留下大量的眼淚，在《夏日大作戰》這部動漫電影裡，發現了陣內家老奶奶留下的一封遺囑。我在這個動人的虛構故事裡，尋找贖罪的十字架，為救贖悲哀而擴張解釋：老奶奶要家族裡的孩子們，不要一個人孤單，不要多數人挨餓，要帶著理性思維，好好活下去。

或許吧。這可能是時間對活者最大善意的溝通。

多日後的早晨，我以時針的速度，開始清醒，持續寫落，持續按壓威士忌的文字脈

| 奧克尼島嶼 Hobbister Hill 的表層泥煤 | 高原騎士 Highland Park |

一支鏟子挖掘地表，發現了氣味的神秘。

膊，持續時間熟成小說的連線。那日的晚間，我記錄下某一杯不存在的品飲筆記：一次，只做好一天的份量。讓日常的生活，平凡堅強地持續著。

## 騎士靈魂的最初樣貌

沿著蘇格蘭本島海岸，我緩速喝著蘇格蘭島嶼區的單一麥芽威士忌。由南順著西岸往北，香氣尾隨海風，味道跟蹤潮汐的腳步，漲滿與退後，各家蒸餾廠的單一麥芽風味，起起伏伏有如地圖上的海岸線，充滿細緻的內裡與扭曲的風格變化。

我一路以等於想像的風，推動著風味航行，抵達北緯59度、最靠近極地的蒸餾廠：高原騎士（Highland Park）。至此，島嶼區威士忌的初步探索，靠近夕陽的尾雲。這假設的最後一站，會是一島一廠一風格的尾聲？不，對比一直都是彼此觀看的價值。如同芙蘭納莉．歐康納與卡森．麥卡勒斯，以及她們的巨大陸島南方的喬治亞。

相對其他島嶼威士忌，高原騎士有較為龐大脈絡系統，酒廠核心酒款也如虹彩般豐厚與複雜——這是從單一麥芽威士忌的視角切入，也是初階的思考。

島嶼威士忌還有複合討論的可能：比如，島嶼威士忌做為諸多知名調和威士忌品牌的核心基酒，如何凸顯「島嶼單一麥芽威士忌」的特質？以島嶼風格為主導的島嶼調和威士忌，如何成立少數與小眾的另類趨勢？在酒廠原裝酒款上，如何開發更多風味層次？再進階，可能涉及島嶼威士忌在獨立裝瓶廠推動的新可能性……這些都還有秘境，等待飲者。

我想起遙遠的那一年，登上奧克尼群島，很可惜與高原騎士蒸餾廠（Highland Park Distillery）擦身而過。這十多年來，我在另一座島嶼上，遙看高原騎士在單一麥芽威士忌的開疆之路，是島嶼威士忌中嘗試最多的蒸餾廠吧。

從高原騎士十二年、十五年、十八年到更高年份原廠酒款的穩定開發，以及「蒸餾年份」威士忌的風味差異溝通，還有帶給味蕾衝擊的勇士系列與神話系列威士忌，高原騎士在「原廠威士忌」（Official Bottling，簡稱 OB）這個領域，像是野生動物群，慢慢生出一整座草原的生態鏈。

高原騎士威士忌這十年來的閃爍，奠基於兩百多年悠久的蒸餾廠歷史，每一步都牽動著下一步。在時間之下，著實不易的是，原酒的生產儲藏與營銷管理。這些盤根錯節的拿捏，深埋在泥煤層底部，也躲藏在每一個純粹雪莉桶的橡木縫隙。她們在威士忌愛好者的舌床上，綻放奧克尼的島嶼美麗；也在兩位威士忌權威評論專家 Michael Jackson 和 Jim Murray 筆下，取得大於評分的極高敬意。

在聆聽掌聲同時，我試著讓自己更安靜去面對高原騎士，試著刺探極小的針點：繁花如同高原騎士單一麥芽威士忌，她最初的靈魂樣貌是什麼？

日本威士忌的低調逆襲，美國精釀波本威士忌的浪花拍岸，愛爾蘭威士忌試著在灰燼裡重新燃火，印度、瑞典、比利時、法國、冰島……都在嘗試建構威士忌新世界，在這個威士忌的爆炸年代，我深深覺得，蘇格蘭威士忌需要回到每一條河流的湧泉源頭，尋找各自的靈魂。

這段親近高原騎士期間，我持續翻看 Dave Broom 寫的新版《世界威士忌地圖》與二〇一六年 Michael Jackson 第七版的《麥芽威士忌品飲事典》。飲者重覆閱讀，寫者跳躍選讀。遇上苦思困擾的威士忌疑惑，我便任意翻看，尋找可能逼近問題的敍事與臨摹。那怕只是翻開《Spirit Of Place：Scotland's Great Whisky Distilleries》，專心的凝視這本書的每張照片，凝視每一家蒸餾廠的影像細部，都有機會誕生不足成熟的詩與歌：

大火炙燒橡木板
蘇格蘭男人鏟起煤炭，直火加熱
港邊的蒸餾廠喧囂，等待飛船
航行於黑板，寫下不同糖化槽的熱水數字
岩石廣場上黑白橡木桶持續安靜的圍棋
等待滾動二菱大麥的鹽

如果旅人經過，鐵耙開始親吻地上的大麥
發芽，在燃燒的泥煤裡呼吸
蒼老的鼻子，是大象在辨識威士忌
孩子們啊，纏繞藤蔓陪伴愛吃酒精的黑色黴菌
複數繁殖泥煤，流出冰涼的褐色泉水

有強烈的艾爾酒汁說：我的名字是喬
蒸餾廠豢養威雀，以貓的靈魂與形體鑄成銅像
守護氣態液體走過蟲桶溜滑梯
白狗奔馳等待高地獵人斷頭
去尾之後，誕生一整批鳳梨的集體農場

格蘭等於河谷，語境以石楠花蜜格放高濃度的風
吹過寶塔屋頂，一八二四的眼睛凝視另一頭銅鑄公鹿
路易斯，遺落一顆外赫布里底的島嶼珍珠
林恩臂生成蜘蛛細腳，爬出微氣候
亞布罕迪爾依舊無法逃離一座島嶼

這些凝視，如同滴石的液體，穿過鏡頭之眼，成為靜態的影像詩，歌詠關於威士忌的每一個瞬間。

這些專書，就像是關於小說、小說家與文學評論的種種依附，透過他者的文本來解讀自身的文本。審視閱讀，會延伸威士忌的山林小徑。處境的本質也是如此，在蠻荒裡搭建步道，像是入桶的新酒，化身為野生的藤蔓，攀附了某一棵樹便盤繞它，再往另外一棵樹方向持續伸手，想要緊緊再次抓住，如附魔般附身吸取養分。

我也以如此延伸的姿態，面對小說：讓小說自己盤纏活化時間。

威士忌與小說，成了一來一回的乒乓球，彼此抗力。

威士忌之於文學脈動，又有什麼樣的節奏？

「是誰」選擇了單一麥芽威士忌，作為出發？

蘇格蘭威士忌的釀酒師們，如何鍛鍊味蕾與嗅覺，以持續思考麥酒的新生？

新世界其他穀物蒸餾廠的下一步，會發生哪些活力震盪？

在威士忌的時光流動中，人的因素足以成就何種風格的誕生？

在文字餘燼還能溫熱的時刻，透過威士忌，逼近與觸摸的針點是什麼？

再一次的，人生的速度，有如酒精散溢。飲者與寫者都曾經在速度下失去感觸，忽略沉澱與安靜本身的需求。在速度下，外部的世界總是晃動。或許人活者都是彼此相類似的活者，也會期待某種模糊失焦的不安定感，奇想著另一種速感的追求。所以，慢下來，成為日常生活裡最難的技藝。喝的，慢一點寫；寫的，再更慢一點。那最後的表述，才有機會在慢速裡正確的加速。

靠近威士忌也是如此。伴隨著高速的喝，可能失去的不是芬芳香氣與口腔內的立體形象，而是會不小心遺忘了「將活著暫停」的技藝。一如最優秀的足球選手，一直都不是奔跑最快的，而是最理解變速的球員。

只不過，這遺忘，總是讓多數人無奈，也讓我恐慌於秒針是如此銳利。

我試著將速度的故事，丟回到蒸餾廠。當壺式蒸餾器持續運轉出新酒，以木桶困縛她們，沉澱以年的單位，再透過酒廠首席調和師的鼻子與味蕾經驗——以單一的調和為時間加速——進入量的產出，好應付瘋狂的麥酒飲用市場。這時，蒸餾廠、釀酒師、寫者共同面對「唯有時間懂得」的威士忌，才會突然驚覺，飲者們正共同失去著什麼。

這種慢的價值，不只有威士忌，同樣使用自然農法的勃根地葡萄酒，與蟲和土壤共生的茶，都是在穩定的緩慢裡，跑進了馬拉松的領先群。

繞過這一圈思索的圓，回到高原騎士，某種訴說「緩慢」的意識支流，有可能才是她最初的靈魂樣貌。

威士忌是值得緩慢以對的女人。如有性愛，速度帶來的並非真實的快感，激情過後多半只會累積意識底層的痛感。這種威士忌的美麗與憂愁，只有飛繞在空氣裡等待的天使懂吧。

高原騎士曾經撫摸過速度的哀傷，在不可逆的迴旋裡，努力讓時間緩慢下來。迄今，蒸餾廠持續維持著傳統的地板手工翻麥，讓發芽中的大麥，更長時間地呼吸新鮮的奧克尼海風；也持續使用島上 Hobbister Hill 地區的表層泥煤，以熱烘烤，讓更豐潤與細緻的石楠花香蜜，透過熱燻的煙油，附身於麥芽的肉身，留下有別於其他泥煤田的煙燻風味。進入第二次的烈酒蒸餾器之後，擷取低比例的酒心，將酒頭酒尾回流，與新的酒汁進行再蒸餾——這是以少數的取量來轉換時間的甜美之蕊。

蒸餾廠的高緯度位置，也讓熟成期間橡木桶的活性影響，開啟漫長的囈語呢喃。我相信，是低溫讓時間冷靜下來，自動調慢了秒針的步伐。我也相信，酒體比誰都懂，

*讓浸泡過泉水的大麥，在地板上自然風乾之後發芽，是一種古老的緩速。這種慢，會讓祂在你的看不見的外衣上，烙下英雄的臂章。*

從單位秒走到單位年，是一段不需要快跑的馬拉松。

配速，才是令人敬畏的速度。

高原騎士還有一項看似微不足道的堅持：酒廠在調製完畢、確認陳年的年份基礎之後，會再讓酒液回到橡木桶，再持續身體與身體式的對話。這增加熟成時間的微小動作，看似是追求風味的協調，其實是酒體重新思考「慢」的意義：如何穩定調合之後的單一身體，再一次反覆進入時間的皺褶。

這些緩慢，為高原騎士威士忌帶來更多對話可能性。我也聯想到寫長篇小說《泡沫戰爭》時，一版修訂二版，靜置，再次刪減，已進入到三版，並等待最後一次回流，校對四版。文字，值得重新調校與重新靜置。透過將緩速的技藝，我發現更多時間給予威士忌與小說的餘韻，與餘韻之後新生的語境。

在航行離開島嶼的終點之前，我意識到：每一回重讀由威士忌引誘出來的語境，都是一次重新校對威士忌的氣味之旅。

校對的對象，有時是知識的補充，但更多時候，是給自己倒上一杯同款語境的威士忌，進行氣味的複習與新氣味的細節探索。比如，慢慢喝、慢慢寫、慢慢讀的日常，有如小說的回音一般，我重覆焦慮著泰斯卡十年威士忌明顯的胡椒辛香，可能來自何處的問題。

真的與蒸餾廠使用奧勒岡松木製成的發酵槽有關嗎？較長的發酵過程，木製槽產生乳酸菌，帶出多層次的熟果實與風乾水果的風味。我也想過，可能與酒廠取較寬比例的蒸餾液作為酒心有關——這有機會出現較多雜醇的複合之味。也可能因為泰斯卡蒸餾器的特殊向上U型林恩臂所造成的回流（Reflux）有關——特殊的林恩臂造就的蒸餾可變因子，向來都帶有蘇格蘭的北地傳說感。繼續往製程後端推想，泰斯卡威士忌的胡椒辛香風味，會不會也跟酒廠使用傳統的冷凝器蟲桶（Worm Tubs）有關？……每當這樣彈跳追索，宛如引動線性討論：是經由一串接續不可斷的因素共同造成的。

我還沒有找到靠近的解答，解讀可能生出胡椒與其他偽裝成 Spices 氣味的考據。那麼影響更為顯著的橡木桶內熟成期間，這類胡椒辛香風味的討論點又該落在哪裡？這些推想，還有許多值得靠近的。

這確實是我個人一廂情願的靠近。重讀語境，另一層次的校對目的是，試著探究造成威士忌風味可變因素的內在。這與我偏執愛上的小說，都存有神諭。兩者在釀造的過程中，有技藝，有美學限制，也都透過異質發酵、多次蒸餾、收集回流，萃取出酒體與小說——這兩種從模糊框架中誕生的實體。放寬看，在一瓶單一麥芽威士忌與一篇短篇小說之間，都在看似極小卻有無限詮釋可能的空間裡，面對著無名的認識焦慮。

在重讀與校對威士忌及其語境的同時，觸感，也在液態中發生。在思流的岸邊，以文字記錄描繪——這與沉睡於橡木桶中的威士忌一樣，是看似靜止的一種釀製，以逼近那恍惚卻又浮現的意象。

關於泰斯卡的辛香性格討論，多半在蒸餾出新酒之前的製程上，較少聚焦在熟成期間的橡木桶。我在岸上躊躇，持續想像關於「嗅幻覺」這個介於科學又不科學的奇妙辭彙。每每往這個詞彙去解讀威士忌風味，討論有如洄游鮭魚，在產卵之後，死於主觀的溪流淺灘。雖然如此，但這也是「Single Malt」如此饒富著趣味、如此引人的地方：一杯一次，捕捉抽象的單一。

這些淌流而出的威士忌語境，對日常飲者與普通讀者來說，都帶有距離感吧。我無法反駁。但溝通日常生活本身，一直都不是輕鬆的課題。威士忌語境也是一次非主流的局外人嘗試。對我來說，喝威士忌可以慵懶輕鬆，但嘗試溝通威士忌語境，探究威士忌書寫在文字上的敍事實驗，如同體驗爵士樂的即興搖擺（Swing），並不一定適合笑出聲音。

# 琥珀光譜與愛

是在某一個冬日的深夜，我喜歡上即興搖擺透明玻璃杯裝盛著的威士忌。不管是使用於盲品的 ISO 國際標準杯、釀酒師試飲聞香時偏愛的格蘭凱恩杯（Glencairn Glass），還是老派沉手的傳統古典杯。搖動杯子裡的威士忌，雖然有加速酒精散逸搶了香氣的憂慮，但我習慣先擾動新開瓶剛倒出來的酒體，加速與空氣之間的接觸，等待稍稍穩定之後再入口。

搖動酒杯，成為了慣性的律動。搖動的節拍，或許已經靠近呼吸了吧。論及呼吸，那會再次進入靈魂的公克數。如同那本讓日子零碎的小書《一公克的憂傷》，也是試著在不安的輕盈之中，尋找些微意義的重量吧。

近幾年，當我搖動杯子，那液體的顏色，不再是走過雪莉桶的焦糖褐——那種偏色深厚的視覺裡，躲著品飲威士忌的迷思，也引動一類烈酒飲者深深相信，看來沉手的色澤，讓威士忌的高價格份外值得；那深深的乳液感酒體裡，躲藏著更多以時間為名的未知神秘。

只不過，我發現焦糖色與深褐的威士忌裡，住了謬思。

一如所有的荒謬論述，都有後座力，最懂得反撲感知了荒謬的主體。我也是的。此時此刻，這謬思依舊尾隨著夜裡的影子，低吟與召喚著多層次的口感，騙走我的味蕾，引我戀著也引我迷惘。

如果哪個冬日，有誰也開始對威士忌的甜，生出了微微的膩，也開始疑惑以焦糖調和之後的品飲純度，是否依舊可以視為處女之泉，那麼便可以嘗試，如此搖動：

在一個人的燈暈下，將透光金色、淡琥珀色、稀釋的牛奶糖色、新橡木桶原色或者

你一定與我一樣，曾經在夢裡，遇見讓我們感覺害羞的她。那寶塔形狀的屋簷與斑駁的石牆，都曾經是她豔麗的容貌，只願意與你我一同守在夜間。

五個月大嬰兒皮膚色……這類色澤的酒體，倒入品飲的國際標準杯，將杯子移到單一的燈泡下，以背光的裸裎，順著時間的軌跡，或者逆時迴旋，輕輕地搖與晃與動。如果燈是黃光，那會為威士忌多添微弱的神秘；如是白光，則會稍稍搶走威士忌的從橡木桶偷來的血色。然後，只需要高高舉著杯子，不是短時間膜拜，而是透視，並試著析離時間。

這樣的動作，我有些忘了，一次又一次，重複了多少年。

一如持續在移動中的複寫練習。

從提早老去的酒保時光，一路走到進出蘇格蘭的雜誌編輯莽撞歲月，究竟在多少以秒計時裡，喝去了多少盎司的威士忌，我才在某次沒有夜鶯、螽斯的短暫靜謐裡，發現了威士忌有光？或許不應該使用「發現」，更精準的複寫應該是：透過輕體的威士忌，視覺被搖晃中爬上杯壁的酒膜，烙印了光感。當透明玻璃杯哭出淚腳，那些滑落的淡色酒痕，扭曲了光折彎了光。在那些可以穿透的光感裡，抽取了微量的時光。

那光，不是由燈泡的光線刺織而成，而是淡色澤威士忌酒體本身的光感。

經過雪莉桶熟成的深焦糖，與新橡木桶浸染的淡琥珀，在酒杯裡都躲有不同的光感。只是光透過淡琥珀色的酒體所呈現出來的威士忌，有一種較為乾淨的透明度。比如，格蘭金奇十二年單一麥芽威士忌（Glenkinchie 12yo）。它不是我喝過最淡色的威士忌，但是淡琥珀色的她，在光暈的包圍下，像是被偷走含金量的液態黃金。下一秒，彷彿可能就會搖晃出少許多餘的幸福。

以「少許多餘」來描述，是因為我漸漸喜歡上，在乾淨裡試著尋找層次。

這與我過去的閱讀習慣，其實一致。

複雜沒有不好，只是我發現了：複雜的種子，總有機會開出花朵；簡單的層次，往往是大於想像的。

看著淡琥珀色威士忌在黃燈底下，滑出透明的淚腳軌跡，是彎身躲藏，也是爵士樂無序節奏搖擺的身軀。那是初熟未全的青春女體，沒有誰有理由去征服。只要靠近，就能感覺著活。在杯壁上抹出來的酒液薄膜，是一層可以透光透力的皮膚，是需要用舌尖去挑逗，依著嘴唇去親吻的。

使用牙齒？不，我以為那樣做，就多了。力重了，難免會咬傷尚未沉積厚色的酒體。我曾經註解，她們是不準備生孕的酒體，一直停留在淡琥珀色的青春，永恆地任由天使分享那如基督的血肉。

如此從光感裡再次看見威士忌的經驗，我是在一支坎培爾鎮的雲頂米契爾蘇格蘭調和威士忌（Mitchell's Glengyle Scotch Whisky），不小心發現。

後來，在一次威士忌熟成感情的深夜聚會，我請另一位也醉心威士忌的文學雜誌總編輯W，一起喝過這支麥酒。兩個步入前中年期的男子，都被那調和之後依舊清透的色調給騙了。我們開始都以為，那裡頭只能有酒精開成燻花的苦澀與新橡木桶的木質嗆辣。但那清淡得只能倒映出淡淡琥珀和偏光微綠色的酒體裡，藏著會令口腔發麻的過熟香瓜甜。

一開始的誤解，害我盲目愛著她的甜。在更遠之後的日子，我總在甜膩的空洞日常裡，依戀著她。但她像乾淨的日子一樣，是少數可以看見的透明。我生出焦慮，像似渴望愛情，尋找著淡琥珀光感。

是吧，就像等待愛情那樣，是令人無法正視的罪，卻依然在牆角以影子偷渡進行。

討論到真實的戀人，我從第一次接觸到克萊根摩爾（Cragganmore），就覺得她是愛情本身。或者說，是愛情在威士忌裡的化身。品飲威士忌也是探索指涉與象徵的過程。每一座蒸餾廠，每一次裝瓶，每一個熟成年份，都有可能完成指涉，或者發現象徵的可能。如果要從蘇格蘭繁星般的單一麥芽威士忌裡選一支，等於愛情，直到現在，我的選擇尚未改變，會是克萊根摩爾單一麥芽威士忌……不，真的永遠都不會改變？對於愛，我是一位悲觀的懷疑論者。只不過，為什麼是她？不會再改變嗎？這兩個反問本身，都充滿了愛情的調皮與惡意，也讓我自己笑著哭了。

愛在時光中，真的能成為永不缺席的旅者？

就像戀人取得愛情一樣簡單，也如同戀人永遠無法理解愛情一樣。不，愛不會只有單一。愛的背面是說謊，性的腹語是疼痛，慾望的同義詞其實是憤怒。確實，不久之後，我又愛上史翠艾拉（Strathisla）十二年單一麥芽蘇格蘭，與格蘭愛琴十二年（Glen Elgin 12yo Single Malt Whisky）發生單純的性，並在格蘭花格105（Cask Strength）的原桶強度裡，糾結著與酒精同等濃稠的夏季肉慾。

「是她」的選擇，與威士忌酒廠本身的蓋爾語命名過程，都是懷有浪漫的。

這一切開始於香氣，也適合以香氣延續。

眞的可能嗎？透過語境
的鍛鍊，我們找到了分
享威士忌的天使們？

女人的體香，成為我進入熟成年齡之後，唯一會引起愛戀感覺的元素。這不是轉過身去就懂了的經驗，而熟成了自己之後的跳房子遊戲，一格一格慢慢明白了女人身體散溢的體香，可能是唯一值得努力去愛的氣味。香氣甦醒的意識，是以一種爬行的緩慢，驅動我想要與誰愛戀。

這種接受女人體香的過程，沒有明確的理由，也尚未生成記憶，近似於葛奴乙的偏執。

我懷念起，那一次夜間搭乘捷運時發生的偶然。

坐在身旁的陌生女孩睡著了。角落座位上的她，左手腕靜靜碰觸著我。她用一件黑色厚圍巾覆蓋上身，也蓋住了我的右手臂。當翻動圍巾時，淡淡馬鞭草與香草的洗髮精香氣，漫向車廂。夜間捷運站上的女孩，那疲倦的身影，應該是要返回住所的。只不過，那裡有另一個人在等待她嗎？依舊擁擠的車廂裡，沒有人願意代替答覆。

待在外頭一天之後，她出門前噴的香水還抓著體溫，擠出後味；從白天到夜晚的皮膚角質，散發著純巧克力的苦澀；還有微量汗水乾燥之後的鹹味，衣服纖維上留有甘草與香草藥味，全都雜揉在一起。這些氣味，我還能分辨，也試圖組織成零碎的記憶，為文字記錄留下經驗值。不過其中有一層薄薄的融化了花香的綜合果香，讓我疑惑，那是女孩宛如新酒般的身體香味吧。

女孩的視覺年齡，是剛畢業離開學校不久。五官不特別吸引人，皮膚有北國女孩的細緻。臉頰的淡妝，和年輕的沈默有淡淡的違和感。她閉上眼睛的神情，彷彿剛發現社會是會給人壓力的，一如橡木桶的浸染作用，加速一個女孩的各類熟成。所以，女孩的體香開始懂得複雜了。在那段捷運的路程，她依舊保有純粹的身體——部分源於人生第一次蒸餾後的青澀，另一部分是日子第二次蒸餾之後的濃稠與烈——散發著的氣味，不斷挑逗我的妄想。

女人的體香，也是跟著時間逐漸複雜。不一定拉長時間，就能熟成出更好的香氣，只能說熟成期越長，染上的氣味，必然是相對多的。女人如此，愛情本身更是如此。一次、兩次、三次……愛的更多，戀的時間愈是有長有短，女人的鎖骨與腳踝，總是走向複雜，讓男人更難捕捉。

威士忌的蒸餾次數、入桶的陳年期，是如此指涉。一部小說面臨時間的裁判時，也是如此的。但總有一道體香，是最原始的，從每一個女孩胸間蒸餾出來的第一道新酒。

這或許也是克萊根摩爾蒸餾廠那兩座平頂蒸餾器（T-shaped）的初衷吧！

透過側邊開口的林恩臂，回流更多新酒。經過方形柱狀設計的傳統蟲管冷凝器，酒液冷凝的速度變慢，凝聚更多香氣豐雜。這兩點，在蒸餾的製造前期，奠基了克萊根摩爾威士忌的風味複雜度。這是一次愛情精心設計的捕獸網。每一次碰觸克萊根摩爾，比如少量釋出的十二年單一麥芽威士忌，開始聞香時總會帶來：甜糖的新割青草？剛開封的賣場葡萄乾？劇烈搖晃之後，激出花蜜發酵微量酒精？淡淡燒焦的荔枝殼？喝完之後的杯底，還有淡淡的刨木香？……我在辨識之後都賦予問號，因為面對這些氣味，我期待她們都等同愛情：因為擁有了不確定，所以使人墜落。

一如閱讀一本捨不得讀到結局的小說，或一次不願意停筆的情書。面對命定的偶遇戀人，我總會試著使用小杯口的鬱金香杯（Copita Nosing Glass），讓香氣更集中於複雜，然後刺探複雜，並在複雜裡分離那些可能純粹的初戀。有一種愛，純粹只來自香氣。如能取得這樣的愛，我願意切割所有轉乘的日常時光，進行交換。

一如光本身自燃時的姿態，日常在發霧的一層天空上被染灰，又再次亮起。

轉身之後的文字，改由日子複寫。

持續複寫，直到另一片旋轉飄落的葉子，醉醺醺著了地，我才又在歐肯特軒春材（Auchentoshan Springwood）單一純麥威士忌中，確立了這種面對淡琥珀光感的愛戀。這是一種再次確知了事物核心的重新發現。我反省過，以為自己確知了什麼，但又被什麼推翻。等再次確認的瞬間，又開始憂鬱擔憂那以文字記錄的定義，會被下一波翻過山頭的風，吹襲倒塌。

是祂，只能是祂。

祂一直都以這種狡獪，傷害著活者。

我在香港機場買回歐肯特軒春材，還沒開瓶，我就被「Springwood」這個命名語境，深深吸引了好長一段時間。

那是無法透過翻譯進行詮釋的心球引力。也因此直譯的「春材」這個詞彙，讓我只能呆呆凝望淡色酒體。這種凝望，又是一次感受氣味的迷路。品飲之前，大腦提前尋找春天的既視感，曾經有哪些異國小鎮，是我在春日時光造訪過的。我甚至鑿開記憶的頁岩，那光滑裡還儲存著出生小鎮裡的一座木材廠。那被孩童視為秘密基地的城堡裡，大量被機械抛光的新鮮樹皮氣味，是否也陳年在「春材」單一麥芽威士忌裡？

｜裝瓶履帶上，填入酒體｜慕赫 Mortlach｜

真的可能嗎？透過某種同樣的
容器，複寫全然不同的小說？

是這樣的吧？那座小鎮的木材廠還躲著屬於我的故事……或許吧？面對威士忌，一如面對文字，是要時時存有疑惑的。唯有疑惑，有機會釋放早就因時間記錄在波本桶裡的文字。

淡琥珀色的威士忌，也是一種敍事。輕盈的酒體，能有故事，也可以埋葬數個層次的閱讀口感。做為飲者，我已經有些固定的習慣。這一杯接續下一杯之間，沒有時間的無聲滑順，但以文字陳述威士忌，確實是在膜拜時間。

第一杯。

第一次，理想的量，是輕盈的一盎司。這一盎司，也是適合純飲的。

聞香，漱口，讓酒舌在嘴裡鬧弄。我會分批吞嚥，但拒絕像是盲品將酒液吐出。然後緩緩連同鼻腔一起呼氣，再緩緩深吸還眷戀著嘴唇的空氣，直到這一進一出的第一口，完全由體內的天使接身過去。

這是對處女的禮讚，無比粗魯但伴隨著真心。總會有這樣的第一次，而且總是如同老了之後的第一次親觸，容易與還年輕的靈魂一起顫抖。我約莫還能感受，接觸陌生小說家的第一本小說時，比如唐·德里羅的《白噪音》，也有類似的觸摸過程。那是乾燥的、單調的、帶點慌張，卻又純粹與無比震撼的閱讀。許久之後，約莫是在斑馬線上發呆的瞬間，我才找到適切的描繪方法：彷彿是在搓揉太陽曬後的細沙，溫熱溫熱的感覺，很讓人醉心。雖說握著一把沙，卻能摸出每一粒的長相。

鼻頭湊近裝著她的杯口，發現強而穩定的花香，帶有油脂的腰果香氣，但不確定那是生的腰果、還是已經烘烤過開始出油的腰果。如果慢慢將杯緣拉遠，會有綜合藥糖漿的氣味，盤旋在臉頰邊，彷彿不遠處真的有一扇孩童醫院窗戶，突然被未來的孩子推開。我把歐肯特軒春材 Springwood 倒入上下嘴巴縫隙的瞬間，原本不確知的帶蜜的腰果，一瞬間就炒熟了。淡淡的油脂滋潤著上下唇肉，微刺的酒精足以喚醒在門齒後方、從懸崖準備跳落的靈魂——那跳水者心中想像的是死亡、還是優雅的跳水，會有截然不同的時間速度。這是對時間的質問，在跳落的那一瞬間，同一個人，成為跳水者或自殺者，所感受到的時間，會是等速的嗎？這也是對於日常速度的惶然。

以某種速度感去感覺辨識，這真實且可能嗎？如同費爾南多．佩索亞的《惶然錄》，用輕與雅的白描，去計量日子裡的詩歌，以便能面對活者。

第二杯。

我通常會在一盎司的威士忌裡，勾兑一盎司的低溫水。

兑水之後，酒體瞬間被破壞與稀釋，香氣加速滾動散溢。強硬的堅果與原本幽靜的花香，被傾倒出來。如果能安靜心跳，低地區特有的青草氣味，這時會以雨水的速度，淹沒鼻腔。是啊，在那個同樣下著雨的季節，一位從日本返回台編劇友人」，幫我帶回了一瓶由古老蘇格蘭獨立裝瓶廠（IB：Independent Bottler）推出的凱德漢經典低地純麥威士忌（Cadenhead's Classic Lowland Pure Malt）。我於是將她與歐肯特軒的春材，同時侵擾，比對那約莫只是單片牧草在指尖被擰碎之後可以釋放出來的青草氣味總量。

獨立裝瓶廠啊，那像是魔咒般符號的IB，我總是小心撫摸以獨立為名的裝瓶廠，為威士忌所做的嘗試與努力。因為那以獨立之名的，不論是島嶼還是大陸，都埋藏著大於家國的秘密，等待著無數的舌與鼻，將她們挖掘出土。

春材的特有花香，行走於這樣一根的平衡木。

我沒有做過花的香氣的索引練習，無法快速條列出香氣，是靠近哪幾種花。在香氣的記憶裡，我只少量記錄並保存有關於：野薑花、玫瑰、向日葵、夜來香、牽牛花和少見的曇花……對了，還有山茶花。特別是白色的山茶花。

關於白色山茶花，我還留住了大學重考那年的事。

我在補習班裡遇過一個身上充滿山茶花香氣的女同學。她應該比我年長幾歲，不論寒暑，單穿著幾件都是寬鬆的衣裙，從擁擠的教室擦身而過。那時，我總會嗅到白色山茶花特有的輕熟香氣。在那之後的十數年之後的某一天，我曾在火車站與某個女人擦身而過。先是香氣喚醒了記憶，我轉身看見她，她也轉身找到了我。彼此的眼角，都勾出曾經比肩聆聽未來課程的鬼魅殘影。那恍惚的幾秒，所有的記憶，都保有快要死去的青春。那時，她身後，跟著一位看來比她年輕幾歲的男人。沒有誰出聲召喚彼此，交換逝去的氣味。在那之後，我再也不曾在人浪的車站，嗅出一絲絲白色山茶花香氣。長遠的平衡木延伸到腳尖前緣的空白處，我無法確定肩並肩行走一小段路，是否還能嗅出那陳年出皺紋的皮膚下方的白色山茶花香。

躲著的，總是看不見的老。

也或許，不是她的身體熟成導致，而是我的面對日常的嗅覺被時間老化了。

*是否有一種調和之後單一的公式，可以通用於小說與威士忌？並且指涉出酒精度、直逼風味語境的內核、出現風土之後的隱喻……*

以一片花瓣凋零落地的速度，遺忘了白色山茶花的香氣。記得的記憶，一直不等於時間寫入的記憶。這樣的遺忘，挺合適刻意為之。如同自己寫落的切片與故事，也都在落筆擱置後，開始倒入遺忘之杯。

春材單一麥芽威士忌裡，如果藏有白色山茶花，那會是輕的。輕裡，留有汗水的油膩感。那如水的油膩，不是為了將輕盈加重，而是為了輕的辛辣，更容易滑入喉管。

在蘇格蘭低地區逐漸孤單但依舊挺立著的蒸餾廠，歐肯特軒，透過三次蒸餾的刪減，很本能地擁抱著輕的體感。

因為三次蒸餾，歐肯特軒的春材將厚重、濃郁、強烈明顯的酒體肌理，汰除得更為精瘦。在銅製槽器的蒸餾過程，剝開酒體血肉，留下第一道去頭去尾的酒心；再進行第二道蒸餾，除去沾粘在骨骼上的筋腱，再一次去頭去尾，留下更為減少的酒心；最後，以孩童最無理的任性，敲碎骨頭，進行第三道蒸餾，只願意留下那再靠近純粹一些些的酒髓。

我莽撞地把她描述為：真實的酒心。

後來才發現，這與我以減法思索小說的技藝，是共通的。試著把故事再剝去一層洋蔥皮；試著將多於的形容與描繪，再以篩子濾出更細膩的沙；試著讓這個字與下一個字之間的結合，更容不下一粒可有可無的字。

也或許，經歷這種減法，故事才開始溫柔，小說才有氣力呼出時間，文字才能隱藏住情感，並卑微地被充滿惡意的祂嘉勉為：乾淨的字心。

在《麥芽威士忌品飲事典》裡，有一段對歐肯特軒酒廠的描述——「它好比爵士樂手史坦．蓋茲，而不會是桑尼．羅林斯。」

第一次讀到這樣的比擬，我在心底微笑了好久好久。我拿下架上已經染上粉塵的：Stan Getz《Gilberto》，以及 Sonny Rollins 的《Priceless Jazz Collection》。這兩張音樂 CD 唱片專輯，都是在一九六〇年代初期灌錄。那年代，我連生命的起始，都算不上。如果有靈魂，一整個一九六〇年代，我都還飄浮在不可解的介質裡，等待精子與卵子的偶遇。現在想來，精子與卵子的結合行為，可能是活物最平凡無趣而接近藝術的重覆。

只不過，悲哀地，進入所有事物的核心的理想姿態，只能剩下：重覆。

重覆聆聽。

重覆品飲。是的。

重覆寫入，再改寫與再寫入，再一次次重覆刪減，然後等待被寫入。也是的。

在青澀的聆聽歲月裡，我曾擁有勇氣落下註解：爵士樂的生命週期，不是直線，也不是曲線。她僅僅跟隨著演奏者的生命，以沉思、酒精、愛與大麻、或者更容易飛翔的海洛因、古柯鹼，重擊心臟與啃蝕皮膚，與演奏者的靈魂接軌，再隕歿成永恆的節拍。

直接以此覆蓋論述比擬兩位薩克斯風演奏家，是粗魯的。但史坦．蓋茲的輕油挑逗，以及在輕鬆彈跳裡試著留下深沉情感的嘗試，確實是較為靠近歐肯特軒的 Springwood。如果將史坦．蓋茲的概論用於更討喜的歐肯特軒十二年單一純麥威士忌，那比擬的時代，是該讓時間踱到更豐潤些的七零年代。

時間一直都有刺。在團塊的步伐裡，緩速生長出荊棘。

秒針一小點一小點過去，很多人都在安靜中忙碌。寫著寫著，許多事都被自己淡忘了。之於我的日常，特別在面對小說時，秒針的滑步，漸漸不再是線形，更像是不規則的年輪，或是立體空間的平台。如果不是如此，那關於愛，一切的偶然與巧合，都會洩露出祂如凡人的矯情。一如那單一的偶遇，在車站錯身而過的白色山茶花女體，在不確知的移動中，崩壞了瓦解了。我寧願記憶曾經輕而未熟的她，在光譜塊根的某處，是歐肯特軒 Springwood 的花香調的集合體。

如此撫摸威士忌香芬的過程，像似將鼻頭靠近入睡後、不同年齡的女體，無聲吸入她入睡之後呼出的另一種鼻息，以及沐浴之後皮膚從潮濕到乾燥散溢出來的味道。當夜蟲開始嘶啞，她也會慢慢分泌出特有的油脂。而那油脂裡，藏匿著真正的女人香，也讓酒液滑過兩側嘴腔的攻擊性刺感，快速降低，轉身成一位已經累積體貼經驗的少婦，讓進入口腔、深入與停留喉管的過程，相對更加輕鬆，彷彿那潮濕的肉壁上，早已儲存了曾經相愛的記憶，再一次彼此碰觸的瞬間，就已經以濕潤在等待，也因為濕潤而容易迎合彼此。

這如能是性，那品飲威士忌，終究能是愛吧。失去性別的飲者，也才如此甘於迷戀。淡琥珀的春材威士忌，其實很有光感。只是，等比例兑加了水，那光不是被稀釋，而是會讓光消逝。兑加了等比例的泉水後，濕潤與低酒精度，讓我更易於狂野吞噬。只不過，狂野之後呢？一如性的後遺症，在杯底分泌出濃烈的：做愛後，動物感傷。

第三杯。

| 契作大麥田地圖分布 | 汀士頓 Deanstown |

每喝一杯威士忌，不管哪一種喝的方法，都可以是一種獨特的堅持。就像許多蒸餾廠，只使用契作農夫所種植的蘇格蘭大麥，作爲自己威士忌的孩子。

我會取來少量、無法判斷融化之後量體的冰塊，放入老派的威士忌杯裡——如是第一次新開的單一麥芽威士忌，我會使用那只Tiffany的水晶杯。不是因為Tiffany的品牌，而是每當輕輕喊出「Tiffany」這個名字時，威士忌的刺辣菱角，彷彿就會被奧黛麗．赫本的從容優雅給軟化。

加冰品飲，我還是習慣一盎司。不用再多，少了，也會讓酒體在緊繃之後散落。讓淡琥珀的春材流過冰體的瞬間，只要角冰足夠低溫，那一秒之間，單塊的大角冰會先示弱崩裂。那裂紋，是無可預測的，總是往神秘與命定交織的方向龜裂。在高緯度的蘇格蘭，四季相對低溫，威士忌其實沒有兑冰的需要。特別在穩定的秋季與可以陪著陽光延伸的春日，那偏低的氣溫，就是威士忌最合適被親吻的體溫。

加冰品飲，這種考量氣溫與冰塊削角削圓的組合，可能是亞熱帶飲者為市場開發出來的假性需求。只不過，低溫品飲，也慢慢地生出了新式口感的飲者計算法則。這甚至是近於科學算計的口腔感覺捕捉公式。

我經常思索：可能嗎，捕捉，某一種感覺？

就像試著以消失中的小磨坊（Littlemill）蒸餾廠，進行捕捉，捕捉低地區的某種風味的傾向……

那真的可能嗎，捕捉，某一種小說公式的法則？

以科學的基底，計算出角色的種類、故事的內核、情節推演的意外變化，以此逐步落實小說的發生……這是否會成為「他種小說技藝」的可能？想著想著，不知多久，我才恍然發現這問題的結，不是「如何捕捉」，而在於「是否捕捉」？以此類比威士忌飲者的主觀口感，都應該屬於人類想像星星光芒色彩與距離的偏執，都有一種近於科學的計算觀感，也和愛的公式一樣，完全不可靠，完全無法駕馭，卻令人奮力騎上那隆起的巨人之背。

關於加冰品飲，就有一建議公式是：在倒入威士忌之後，五到八秒之間，將杯內的威士忌，一口飲入。因為，在那計時的秒數裡，低溫，讓香氣會凝凍而停留；低溫，讓酒體如被突襲的班兵，聚合出短暫的豐厚。

我以此接觸，並計算了加冰的春材。

這實驗，沒有意外，我看見了那些被低溫煙霧綁架的香氣份子，也彷彿吞噬了尚未斷氣的士兵軀體。

做為一種計算，歐肯特軒的春材，是可以被捕捉的吧！

只是我比較難能想像，一位聽者，如何捕捉 John Coltrane 即興吹落的下一個音符，如果那即興根本尚未發生，或者只是接近發生。面對那些一波波捲來的搖擺音浪，最理想的坐姿，不就是拉鬆領帶，單腳掛在茶几上，一個人，手心抓握一杯威士忌，將自己完全交付給那支薩克斯風，以及那些指尖，然後等待冰塊融化。

幸運的是，我從未向躲藏於酒精的神祇，祈求過任何可能的答覆。我可以是一位緩慢的飲者。說不定，緩慢，也可以是加冰品飲的公式，也能讓文字逆向凝凍、聚合出豐厚。至少，捕捉威士忌光感，緩慢該是一種需要。

當我開始使用圓形的角冰，威士忌光暈的變化，充滿童話感。

在冰融化四分之一之後，我經常發現，圓形外圍的冰塊，較為透明。那透明，確實是一種觀看的介質。一如敍事，接納與包裹更為淡色之後的威士忌。圓冰，一滾動，冰與酒體就同色了；又一滾動，冰塊則會折斷威士忌裡的光。當冰塊融化成為數世紀以來從不重覆的一小塊角冰，冰塊內核的結晶米白，會取代我眼裡的淡琥珀光感。

光以此種多層次的色感與扭曲身型，迎合攝氏零度的地景。

跟隨冰融化的速度，喝著淡琥珀色的 Mitchell's Blended Scotch Whisky、歐肯特軒春材，或者讓我想要窩在沙發裡的格蘭金奇十二年單一麥芽威士忌，都有另一種酒體光感的可能。用這樣的速度喝，可以貼近一九九一年桑尼·羅林斯的《Here's To The People》。相較六零年代的狂放不羈，三十年之後的節拍，新生出更成熟穩定的切斷與斷裂。我讀過一篇樂評，論及一九九〇年代的桑尼·羅林斯，那人的文字說：桑尼開始溫柔了，開始簡約了。

只不過，這不一定是較為美好的讚譽，僅只是更加靠近了事實。

隨著時間過去，在巨大木質桶裝世界裡逐年陳年的演奏者，也開始以減法面對生活裡的即興？不必然如此。我十分期待，桑尼可以瘋狂，直到路的盡頭。從最初最初的起床、打零工、喝酒、坐在周末的門檻上發呆，與同事的妻子在廚房做愛，或者將冰箱裡壞了的牛奶倒入水溝……如此被尋常日子的磨砂機逐漸打薄再打薄的瑞蒙·卡佛，從落字的開啟，一直都只能剩餘溫柔簡約。

那是一介如我的寫者，觀望世界的，所有與僅有。

原本以為的瑣碎最小值，最後陳年熟成唯一的最大值。

走過的風，只是在等待
某一次琥珀色的性愛。

日子，一如溫暖的酒體遭遇低溫的冰塊，沒有感情，也無可預料。

由此，如何切片分析桑尼．羅林斯薩克斯風的音光？僅僅依賴新生橡木桶的淡琥珀色威士忌，如何在低地區的青草、輕油、花香裡，分門別類？又如何重新調和依戀著酒精而搖晃光與影的瑞蒙．卡佛？

那最初來自於卡夫卡的K，也有自己不可說的醉態。但我總是試著搖擺身軀，即興面對日常。多半能夠安靜下來的時候，只是想像著與活著有關的事。

關於活者，也關死者，不論何者，都不是我擅長的辯駁，也不是我能力所及的論述。但成為活著的飲者，我想試著去做：有沒有可能，透過成為一位業餘威士忌飲者的過程，發現文字敘事的另一種可能？

這聲量，無比微小。但我只想試試用自己懂的音色音符，演奏簡單旋律。

約莫就是在這類的思緒來臨時，我會持續喝著威士忌，抵達深深的醉，與更下一小階的罪，試圖停下時間。

這是愚蠢的。但還是想說，面對淡琥珀色威士忌，我喜歡尋找光感，也喜歡單調的純飲。因為淡透，光可以快速走過威士忌酒體，讓它出現油脂的視覺假像，騙出更多風味。但也就如此而已。其他，都是每一位飲者各自的日常課題，無法更多贅述。如果試圖以文字加深任何一杯威士忌的色度，或許都會是多餘的。

# 柯羅諾斯的提問：<br>等於記憶？

| 蒸餾器上的時鐘｜汀士頓 Deanstown|

*活者如何以威士忌語境，叩問那些分針、時針，以及其實並不存在的秒針？*

威士忌必然等於記憶……真是如此？

值得的威士忌，必然等於曾經鎖住的記憶……真是如此？

我靜靜想，這倒入古典杯的雙份遲疑，和初次遇見的基酒型威士忌蒸餾廠的老酒類似，飲者總會考量，究竟要買多久時間熟成陳年的單一麥芽威士忌。前頭聊過，調和威士忌的核心基酒蒸餾廠，少有裝瓶。如果裝瓶，必然會盡力傳達原廠最強烈的風土。比如位於斯貝賽地區心窩位置的魁列奇單一麥芽威士忌（Craigellachie。另譯：克萊葛拉奇）。也因為比較少推出原廠裝瓶威士忌，我不禁想問，透過什麼年份裝瓶的哪支威士忌，最能詮釋魁列奇蒸餾廠？

可能的回答，一如人生，永遠都是獨自一個人的複選。

魁列奇威士忌上一次原廠蒸餾裝瓶，是在……二〇〇四年。是一支十四年的標準版裝瓶，和另一支二十一年的「飯店特別版」裝瓶。這一蒸餾裝瓶的間隔，十年過去，才又在二〇一四再度推出酒廠的單一麥芽威士忌。

十年了，這樣的軌跡長度，至少值得祂一次嘆息吧！

對於安置在木桶裡觸摸靜流的威士忌酒體，在蘇格蘭的飲酒認知裡，陳年十年，已經是高年份。但對於寫小說的人，可能剛好完成第一個階段「一個字輕巧舒服地遇見另一個字」的練習。

對等的十年過去，二〇一四年，魁列奇蒸餾廠一次推出了十三年、十五年、十七年、二十三年，四種年份的原廠蒸餾裝瓶的單一麥芽威士忌。在極不對等的短暫時刻裡，我選了十三年的這一支。因為可以選擇的時間很短——我是透過Line的圖片，看見魁列奇蒸餾廠的新版裝瓶威士忌。

Line的圖片是從阿姆斯特丹機場傳來的。傳圖給我的是一位以前教過舞蹈的學生。她現在的工作是國內線資深空服員。女孩搭機離開這座小島嶼，為了試著思索一段可能結束的感情。因為這段感情走到靠近結婚的階段性終點。她從出發點，讓思索迴旋，也從離開點，試著返回。她知道，我一直以自己的速度喝著威士忌。每每在不同一次回程的最後一個機場，在免稅商店裡，以手機快照架櫃上的威士忌，問我，是否有沒喝過的酒廠？

通常，免稅商店的威士忌，多半是熟悉的主流蒸餾廠，很難發現少有裝瓶的小眾酒廠，或是那些特殊的獨立裝瓶廠威士忌。但她總沒放棄，在不同的機場，玩鬧地拍下那些整齊排列的威士忌。在登機之前，賭上一把近似玩笑的固執籌碼。

女孩這次終於帶回這支寫落在《麥芽威士忌飲品事典》裡的單一麥芽威士忌。只不過，這種被拍攝下來的「威士忌牆面」，一直都藏著某種體感的惡意——那是被分開裝瓶之後的她們的本質。她們無視她的鏡頭，如一窪無風死水般忽略她，就像她們忽略所有等在機場裡或醒或睡的過客，更忽略來自另一個畫面前的鏡頭，與我壓抑期待的視角。

不論如何照片的構成如何，女孩賭贏了，帶回了一瓶整整被遺忘了十年的時間。

十年，之於我，是有如魔咒般的時間刻度。大於十年，我便會開始臆測，那大於的，會不會是另一個人的人生？

另外從資料中得知，蒸餾廠所在的魁列奇小鎮，也是斯貝賽區重要的製桶坊

（Speyside Cooperage）。不知為何，這引起我極大的好奇感。進而想像，這個小鎮蒸餾廠是否因為零距離，而被賦予權力，可以先挑選來自某座神秘森林的橡木，可以決定拆裝重組桶的雪莉桶與波本桶的比例，或者酒廠首席調酒師可以優先嗅聞訂製的處女桶身體，少批量進行著屬於魁列奇蒸餾廠的小型熟成實驗……這些都只是飄洋過海的想像。但即使有一天，威士忌全都等於記憶，我依舊會持續關於威士忌的想像。即便那一天，是終日來臨前的一天。

聰明些的寫者，十年，有機會理解小說可能幻化的幾種敘事方法，輕輕撫摸之後發現了故事如絲絨般柔順迷人的質地。更有天賦能力的，在文字彈跳於指尖之間，捏出立體顯靈的角色，並賦予角色們適切的「說話」。

這樣的十年，其實無比豐沛，是天眷顧了，沒有廢了的遺憾。

忽略的姿態，是威士忌的本質。

我無法苛責她們任何一位，因為靜靜躺在暗桶時，她們連時間都要試著忽略。如果不這樣做，彷彿她們就無法經驗活著，真正熟成，也無法吞嚥十年以上的時間身體，消化在橡木桶箍製的胃囊，將養分靜留在酒體。

這支十三年單一麥芽威士忌，會是最靠近魁列奇蒸餾廠的選擇嗎？

我一拿到就開瓶，一如老舊的節奏，喝了。

Taste is Everything。

品嚐是一切原點。

｜蒸餾器｜汀士頓 Deanstown｜

*蒸餾走在此時此地的時間。*

嘗試大於所有。

之後，我用標準杯看色，是快速第一泡的菊花普洱茶色。加水聞香，一瞬間斯貝賽區典型的繁花糖果，在杯內散溢滿出。用老威杯試著水割，酒體的油感，被水稀釋了，尾韻無法回喉。我也嘗試使用了角冰，試試只停留十秒，如此短暫，卻被瞬間凍結的口感……原本平衡的酒體，被凝聚成立體的臉。原本的花香稍稍變硬了，一如新鮮乾燥花剛烘好的那類香。原本只是輕輕回喉的淡煙燻，「瞬間凍結」成炒熟過頭得乾腰果，有微微燒焦的糖，也有微微的堅果蜜，並紮紮實實抓著舌根的前緣。

應該是了。她是一支可以用十秒凝凍，換取酒廠沈睡十年記憶的蒸餾廠風格單一麥芽威士忌。寫到這，我接觸到久遠的記憶，我曾經在二〇〇四年，這一年，寫下了「小說，成了將人生瞬間凍結的工具」這樣一句話。此時此刻，想到那時書腰上的這段文字，心口依舊緊繃緊繃冒著冷汗。

二〇〇四年的我，就如小說一樣，預見了二〇一四年的魁列奇？會不會，早在玄冥曖昧的離境時光裡，記憶就形成了夢花。現世的發生，只是為了吻合夢花結果，只是為了落實一個人活著的生之安排？如果是這樣，之於記憶，威士忌值得活著，就是為了讓人能夠，清醒著醉。

清醒＋清醒著醉＋睡眠＝一個人活著的時光。

算式如果成立，清醒著醉，這樣的中介狀態，與清醒和睡眠之間的差異為何？

蒸餾躲在遙遠之前的時間。

這是文學技藝可以靠近的問題。單一麥芽威士忌，也是在極微小的框架中尋找差異的一門技藝。

喝威士忌以一種「縮時播放」的速度，成為我思考「時間在哪裡」的手續。比如，關於「10-years-old」的威士忌：為何十年了？

在蘇格蘭威士忌的法令規定：必須在蘇格蘭蒸餾，並在橡木桶裡熟成三年以上，才能以「蘇格蘭威士忌」（Scotland Whisky）之名。蘇格蘭威士忌的時間，被法令保護著，也同時被制約著。所以，當我打開一瓶陳年十年的蘇格蘭單一麥芽威士忌，也意味這瓶裝裡的每一滴酒，都在橡木桶裡等待了十年（以上）。

這個等待，是陳年，是熟成。

陳年是不是等於熟成？在威士忌語境中，一樣擁有差異。對我來說，陳年，是更接近「時間本身」的意義；熟成，是「時間的作用力」，是時間透過橡木桶作用在威士忌身上的持續變化的過程。以此，便值得往下討論：陳年的意義？熟成的意義？陳年與熟成之間的關係，如何以文字，成為一種敘事的語境？

陳年威士忌的橡木桶，以及用來煙燻的泥煤，以及兌水調和的酒精濃度，以及酒廠的水源水質……這些可變的因素，都影響著威士忌熟成出來的符碼。對於飲者來說，最依戀難以離開的某種氣味、某種口感，來自哪個縫隙？

我想到了柯羅諾斯（Chronos），那位古希臘神話中的時間之神（Keeper of Time）——對於手錶與威士忌的愛好者，應該能立即感受：「Chronos」之於計時器，以及「Keeper」之於雙耳淺杯持護者，這兩個詞彙所帶來的神秘連結吧——祂創造了

｜軟木塞封口｜亞伯樂 Aberlour｜

當祂將軟木塞壓下的瞬間，封存了多少時間？四分之一的刻，還是四個季節累積而成的年……不，祂終究是懷有惡意的，可能微小，但是如針一般尖銳。

秩序，同時也創造了混沌。該是如此，如果時間本身是秩序，那也會是最無法定義的混亂之源。

這是屬於柯羅諾斯的提問，也是時間必然穿越酒體的神話。

時間影響的最初最初，可能來自一百年前的一顆橡樹種子。飲者愛上的、寫者迷惑的「威士忌時間」，在那麼遙遠之前，就開始為生命之水種下了準備。隨著橡木生長，氣味開始凝聚，口味開始累積，然後當酒體充分借來時間，並與燒烤或者已經交媾其他利口酒的橡木，再次緊緊交合靈魂，輪迴出生命。

時間造就的異質性，也是所有威士忌語境差異的原點。

比如，高原騎士與斯卡帕，都是奧克尼群島上的蒸餾廠。一座島嶼，兩座還持續運作的蒸餾廠。兩座酒廠，相距不到兩公里。不同時間的色澤，在燈光下，顯露差異。經常地，將杯子靠近鼻子，一瞬間的香氣，都是乾淨而複雜的。但複雜裡，還有根本差異，而不只是蒸餾器與泥煤與否的問題。

文學閱讀與小說，也是不懂停止的異質比較。就像面對島嶼威士忌，只考慮泥煤，那會形成一種困境，輕忽了風土，也輕忽了橡木桶本身在時間的允諾下，可以施展反作用力的活性。甚至，橡木桶容器的大小，也是生成異質變化的試紙。拉弗格蒸餾廠的四分之一桶（Quarter Cask），就是以只有雪莉桶四分之一容量的小桶，改變時間速度感。

Quarter，也是一小時裡的四分之一。時間行走速度的一刻。時針重覆行走一個圓的四分之一。因為時光的腳在桶內行走一圈的時間變短，酒體與橡木桶接觸更為頻

*時間，沿著石楠花生長的方向，爬出了活生生的嫣紅。接下來，祂們將會吞嚥綠地，搖晃蒸餾之堡，並攀登，藉以爬回到天空，與藍重逢。*

繁，也更容易與桶外的天使相遇。這一切，都加速熟成的速度，縮短了想像上的相對時間。

時間，真的是大於世界的謎團。拉弗格 Quarter Cask 這隻單一麥芽威士忌，也是在二〇〇四，這個引起我疼痛感的年份，隨著淚水逝去，誕生於世界的。

不會再有錯誤的一年。都是遭遇了命運之路的一年。

也是從那一年開始，寫威士忌與喝小說，都成了面對時間的持續運動。

但我相信，只要持續運動，寫與喝，就會進行新的發生。就像近年持續發生的無年份單一麥芽威士忌，是否會是使用調和技藝為時間加速的過程？

面對小說時，我偶有機會進入無時間狀態。這對寫者來說，作為時間的反抗者，是靜止了時間，停下了時間。如果以下論述能夠成立：無年份威士忌（NAS：No Age Statement），是使用調和的技藝，加速了單一麥芽威士忌的既定印象時間。那麼「無年份單一麥芽威士忌」看似加速了時間，但實質上是阻斷了熟成的線性發展，混合了陳年的不同年齡層。

這樣看來，無年份威士忌，具備了更自由的調和創作空間；而年份威士忌，則是比較傳統與老派風格，進行了「線性時間」的融和創作。

威士忌的陳年年份長短，漸漸地不再是飲者選擇威士忌的迷思，也不是認定與判斷威士忌價值的基礎。這是一種跨過時間的進步與成熟。將熟成時間長短不一的酒廠儲酒，進行調和，原本就是單一麥芽威士忌的常態。

但我還是會丟出質疑：當有一天，飲者都習慣了「無年份單一麥芽威士忌的調

行走中的哲學家們。

合」，那麼在有年份的單一麥芽威士忌，與調和麥芽威士忌之間，是否會更為灰色？

這時的釀造師，如同小說家，在威士忌的載體上，都是烏瞰伊甸園的造物者。前者思考的是如何透過視覺、嗅覺、味覺「可感的感官」，傳遞威士忌的訊源，輸入飲者的內在；後者則是使用沒有顏色、沒有氣味、沒有味道、沒有聲音、沒有觸感的「乾淨文字」，捕捉抽象經驗，企圖造成有感的感官共鳴，並在讀者心底留下重覆的迴旋回音，並在熟成更多時間之後，發生影響語境的餘韻。

小說與單一麥芽威士忌，都擅長躲入時間，也同時熟成時間，陳年出一個可以座標酒體與小說體時間長度的經緯。

除了單桶裝瓶的原酒強度之外，所有單一麥芽威士忌都是調和的。她調和的多種酒桶裡的時間，標示陳年的數字，依據法規，只是時間的最低值。這語境也等於同步宣布了小說家作為一個活者，在寫作小說時的基調：所有單一小說，都是文字調和的。

每一部小說都是小說家活著的時光裡的多桶經驗值調和之後的意象裝瓶物。

這一點，像似班雅明論述的普魯斯特的意象：記憶與經驗的巨型織物。

這樣的織物，會討論到經線與緯線交織的密度。多種十二年、一桶十四年，再加上十三年、十七年……以及那些無法判斷的高年份威士忌，將此「陳年」調和出來的結果，不再是密度的問題，而是調酒師嗅覺與味覺如何選擇的問題。

液體與液體之間的編織，沒有交織密度的問題。

酒體與各種可能作為織線的綿線、麻線、金屬線最大的不同是：液體是可能融合的材料。融合之後，座標的經緯依舊有意識，但卻是無能精準去辨識方向的。於是，一樣沒有交織密度的文字，引導小說作為活者逝去時光的調和體，可以乘載更多混亂——我更期望，如同描述威士忌的一個形容詞，標示語境：流動的自由意識。如此賦予威士忌語境的敍事自由，寫者最終才有機會以小說調和時間，並前往那些可能抵達的吧。

*何時才能抵達，沒有一個人的靜謐彼岸。*

## 語境後記：即興影像，接近文字發生

這些圍繞單一麥芽威士忌、討論香氣味道與技藝記憶的文字，會需要來自蘇格蘭的影像。這些影像不是為了對應文字，而是期待在閱讀文字的過程，產生像似即興搖擺以靠近威士忌的印象……最初，在思考這本書的形成時，我便執著於此。

當我們喝著威士忌時，期待緩緩進入微醺與恍惚。閱讀文字與圖像，我也期待讀者與飲者一樣，能夠在屬於自己的節奏上，找到搖擺的感覺。於是我在摸索威士忌語境時，不特別對應品牌，進行選圖，更以主觀的寫作直覺，來審視這些圖像帶給我的衝擊，與有如酒精後勁的小說聯想。十分清楚地，我想尋找的影像圖片，是行走於文字之間更為抽象的視覺，而非商業的溝通與專業詞彙的清晰解釋。

為了尋找這種即興影像，我困擾了許久。最後決定，還是需要透過蘇格蘭威士忌酒廠，才有機會達到我想像的、接近文字的發生。

為了尋找這本書中的影像發生，要特別感謝協助我向蘇格蘭威士忌酒廠取得圖像使用權的幾家台灣公司。以下，依首字筆劃數排列：

人頭馬君度股份有限公司台灣分公司（Remy Cointreau Taiwan Pte Ltd., Taiwan Branch）
台灣保樂力加股份有限公司（Pernod Ricard Taiwan）
台灣愛丁頓寰盛洋酒股份有限公司（Edrington Taiwan Ltd.）
帝亞吉歐有限公司台灣分公司（Diageo Taiwan Inc.）
帝仕德股份有限公司台灣分公司（Distell International Limited - Taiwan Branch）
星坊酒業股份有限公司（Sergio Valente Inc.）
隼昌股份有限公司（Falconbrae Ltd.）

最後，我為每一張照片，寫下這個影像圖片帶來的威士忌語境；也在這類感受性的文字之後，標註圖片來源所屬的威士忌品牌。或許，各位也可能，在凝視這些圖像的時候，發現與我不同的單一語境。

當代名家・高翊峰作品集1

# 恍惚，靜止卻又浮現：威士忌飲者的緩慢一瞬

2017年9月初版

定價：新臺幣380元



著者 高翊峰
叢書主編 饒美君
校對 高翊峰
饒美君
陳祖晴
美術設計 陳怡絜

出版者 聯經出版事業股份有限公司
地址 台北市基隆路一段180號4樓
編輯部地址 台北市基隆路一段180號4樓
叢書主編電話 (02)87876242轉272
台北聯經書房 台北市新生南路三段94號
電話 (02)23620308
台中分公司 台中市北區崇德路一段198號
暨門市電話 (04)22312023
台中電子信箱 e-mail：linking2@ms42.hinet.net
郵政劃撥帳戶第0100559-3號
郵撥電話 (02)23620308
印刷者 文聯彩色製版有限公司
總經銷 聯合發行股份有限公司
發行所 新北市新店區寶橋路235巷6弄6號2樓
電話 (02)29178022

聯合文學雜誌
總編輯 王聰威
聯經出版
總編輯 胡金倫
總經理 陳芝宇
社長 羅國俊
發行人 林載爵

行政院新聞局出版事業登記證局版臺業字第0130號

本書如有缺頁，破損，倒裝請寄回台北聯經書房更換。 ISBN 978-957-08-5000-0 (平裝)
聯經網址： www.linkingbooks.com.tw
電子信箱：linking@udngroup.com

國家圖書館出版品預行編目資料

恍惚，靜止卻又浮現：威士忌飲者的緩慢一瞬
/高翊峰著．初版．臺北市．聯經．2017年9月（民106年）．
208面．17×20公分（當代名家・高翊峰作品集1）

ISBN 978-957-08-5000-0（平裝）

855 106015448